W0290075

Bitterer Todesengel

Ein Fall für Eva Sturm auf Langeoog

Ostfrieslandkrimi von Moa Graven

Impressum
Bitterer Todesengel
Eva Sturm ermittelt auf Langeoog - Der dritte Fall
Ostfrieslandkrimi von Moa Graven
Alle Rechte am Werk liegen bei der Autorin
Erschienen im cri.ki-Verlag Leer (Ostfriesland)
Dezember 2015
ISBN 978-3-945372-64-7
Umschlagfoto und Gestaltung:
Moa Graven - cri.ki-Verlag Leer (Ostfriesland)

Zum Inhalt

Auf der kleinen ostfriesischen Insel Langeoog steht Weihnachten vor der Tür. Und das bedeutet für die Ermittlerin Eva Sturm Stress. Denn Familienfeiern wurden ihr schon in der Kindheit vergrault. Und ausgerechnet in diesem Jahr hat sie Jürgen von der Touristinfo versprochen, mit ihm zu feiern. Doch bevor Eva sich lange über ihre Zusage ärgern kann, wird einige Wochen vor Heiligabend ein Toter am Strand entdeckt. Er sitzt erfroren in den Dünen. Es handelt sich um Heinrich Gerlach aus Ditzumerhammrich. Ausgerechnet den Mann, der in dem letzten Fall »Justitias Schwäche« als vermisst galt. Eva flüchtet sich sofort in die Ermittlungen und Jürgen gerät in Weihnachtsstress. Als Eva auf weitere ungeklärte Todesfälle ähnlicher Art stößt, nimmt sie schließlich Kontakt zu Jan Krömer und Lisa Berthold auf, dem Ermittlerteam in Aurich, denn es sieht verdammt nach einem Serientäter aus.

Sind wir nicht alle ein bisschen Eva?

Schnee

Es schneite schon seit Tagen und Eva erfreute sich daran. Erinnerte es sie doch an die vielen schönen Winterabende bei ihren Großeltern in der Lüneburger Heide. Doch gefiel es ihr auch hier auf Langeoog? Nun ja, da hatte sie doch eher gemischte Gefühle. Das lag zum einen daran, dass der Schnee sich nicht lange hielt. Die Nordseeluft, die immer ein paar Grade wärmer war, ließ ihn schnell schmelzen und zu Matsch werden. Und zum anderen war in wenigen Wochen Heiligabend. Im Prinzip machte ihr das nichts aus. Sie hatte jegliche Gefühle, die mit diesem Fest immer in der Werbung in Verbindung gebracht wurden, über Bord geworfen. Aber in diesem Jahr wollte sie mit Jürgen feiern.

Nach der letzten Ermittlung hatte sie es ihm im Leichtsinn versprochen, als sie den Fall um den Mord an den Mitgliedern des Briefmarkenvereins Ostfriesland-Papenburg aufgeklärt hatten. Wie konnte ihr das nur passieren? Sie erinnerte sich an ihr erstes Fest auf Langeoog im letzten Jahr, als sie erst ganz kurz auf der Insel war. Da hatte sie sich mit einem guten Krimi und einer Flasche Rotwein einfach ins Bett gelegt. Die Bescherung sah sie dann am nächsten Morgen. Die roten

Flecken gingen nicht mehr raus und sie warf die Flanellbettwäsche einfach weg.

Es war damals leicht für sie gewesen, sich einfach zurückzuziehen. Sie war neu und man beäugte sie. Eine alleinstehende Frau, die sich als Inselpolizistin aufspielte, war so mancher Ehefrau ein Dorn im Auge. Sie zogen noch öfter an den Ärmeln ihrer Gatten, wenn sie sie trafen. Sie konnten ja nicht wissen, dass Eva mehr als die Nase voll von Männern hatte. Und mit Jürgen, der ihr wie ein Schatten folgte, war sie mehr als beschäftigt.

Doch sie schweifte ab. Ja, sie weigerte sich regelrecht, sich mit dem Gedanken zu beschäftigen, dass sie bald mit Jürgen unter einem schön geschmückten Weihnachtsbaum mit echten Kerzen, darauf hatte er bestanden, saß und ... tja, was eigentlich machten? Immerhin hatte sie die Kurve gekriegt und er hatte eingewilligt, dass sie in der Polizeidienststelle feiern würden. Ihre Wohnung sei doch viel zu klein für einen Baum und seine, nun ja, die hatte sie ja nur ein- oder zweimal gesehen. Jürgen hatte sie nur mit schelmischem Blick angelächelt und genickt. Sicher war ihm alles recht, wenn er nur mit ihr feiern konnte. Aber warum eigentlich?

So grübelnd saß Eva also in der Dienststelle und sah den Schneeflocken zu, die sich wie kleine Watteböllchen auf dem Fenstersims niederließen. Es hatte etwas kindlich Unbeschwertes. Manchmal wünschte sie sich wirklich, mit ihnen tauschen zu können. Einfach schmelzen und nicht mehr sichtbar sein. Wenigstens solange, bis das Fest der Liebe vorbei war.

Und nicht mehr schwierige Entscheidungen treffen, Mörder überführen und mit Jürgen Pizza essen, so dass sie fetter und fetter wurde. Wenn man es genau betrachtete, hatte sie in der Zeit mehr als zehn Kilo zugelegt, seitdem sie auf Langeoog arbeitete. Inselluft mache hungrig, hatten ihr schon manche Frauen als gut gemeint versteckten Rat mit auf den Weg gegeben. Wahrscheinlich freuten sie sich diebisch, dass sie immer unattraktiver für ihre Ehemänner wurde. Nur Jürgen, dem machte das offensichtlich nicht das Geringste aus. Er liebte die Abende mit ihr beim Lieblingsitaliener. Und sie, sie liebte diese Abende eigentlich auch. Alles hätte doch so schön sein können, wenn er sie nicht gefragt hätte, ob sie zusammen Weihnachten feiern würden. Das hatte doch so etwas Intimes. Feierte man Weihnachten nicht nur mit der Familie? Na ja, sie würde nie wieder mit ihrer Familie feiern. Einen kurzen Augenblick beschwor sie noch einmal das Gefühl herauf, das zum Bruch mit ihren Eltern geführt hatte.

Nie wieder, dachte sie und sah einer Schneeflocke zu, die in der Sonne glitzerte. Sie wurde immer kleiner und war irgendwann nicht mehr da.

Wenn das so weitergeht, dann sitze ich heute Abend in meiner Wohnung und heule in mein Kissen, dachte Eva. Nein, sie musste nötig auf andere Gedanken kommen. Und wie ging das am Besten? Genau. Sie würde zu Jürgen rübergehen und mal nach dem Rechten sehen.

Sie zog sich ihre dicken Stiefel, eine Jacke mit Daunenfütterung und ihre Strickhandschuhe an. Dann lief sie entschlossen über die Insel direkt zur Touristinformation. Bevor sie eintrat, beobachtete sie, wie Jürgen mit einem älteren Herrn am Tresen über irgendetwas fachsimpelte. Sicher war es ein Tourist, der das erste Mal einen Winter auf der ostfriesischen Insel verbrachte. Wer sich hier schon auskannte, hatte in der Regel wenig Gesprächsbedarf. Jürgen hatte ihr erzählt, dass es Leute gäbe, die schon seit zwanzig Jahren auf Langeoog Weihnachten und Silvester feierten. Sie liebten den rauen Wind, die Seeluft und das Gefühl, einmal etwas ganz für sich allein zu haben außerhalb des üblichen Rummels, der um dieses Fest gemacht wurde.

Zu Silvester kamen dann oft noch Menschen dazu, die den Himmel und einen endlosen Horizont über dem Meer sehen wollten, wenn das Jahr wechselte. Diese Romantiker. Aber auch sie hatte beim letzten Mal am Wassertum gestanden, dem Feuerwerk zugesehen und verstanden, was die Menschen so faszinierte. Und Neujahr hatte sie in der Strandhalle Feuerzangenbowle mit wildfremden Menschen getrunken. Vielleicht war es sogar schön, auf einer Insel zu feiern, weil die meisten anschließend wieder abfuhren.

Eva hatte gar nicht gemerkt, dass sie sich ihre Nase an der Scheibe plattgedrückte. Jürgen hatte sie entdeckt und sah ab und zu irritiert zu ihr herüber, wenn der Mann, mit dem er sich unterhielt, wieder sprach. Dann machte Jürgen ein Zeichen, der Mann nickte und Jürgen kam auf die Tür zu. Erst jetzt merkte Eva, in welch lächerlicher Stellung sie hier stand. Wegrennen ging aber irgendwie nicht mehr. Schnell drehte sie sich um und zog ein Taschentuch hervor, um einen Niesanfall vorzutäuschen.

»Eva?«, fragte Jürgen, als er die Tür geöffnet hatte. »Was machst du da?«

»Ach, diese blöde Erkältung. Im Dezember hab ich die immer und meist nur für ein paar Tage«, sagte Eva in langgezogenem Tonfall und schnäuzte sich ausgiebig.

»Na, dann komm doch lieber rein, bei mir ist es mollig warm.« Er fragte lieber nicht, warum sie ihn und den Fremden so lange angestarrt hatte.

»Ja, gute Idee«, sagte Eva und folgte ihm hinein. Sofort brach ihr der Schweiß aus. Weihnachten und Wechseljahre, prost Mahlzeit. Oder war es einfach nur der Temperaturunterschied? Sie zog ihre Handschuhe aus und schälte sich aus ihrer Jacke.

»Das ist unsere Inselpolizistin Eva Sturm «, stellte Jürgen sie dem Fremden vor. Offensichtlich sah er sich dazu genötigt, weil der Mann der Einzige neben ihnen im Raum war.

»Aha«, sagte dieser nur und sah sie von oben bis unten prüfend an. »Dann sind wir zu Weihnachten hier wohl sicher.« Er wandte sich wieder dem Buch zu, das aufgeklappt auf dem Tresen lag.

Jürgen gab bereitwillig Auskunft zur ganzen Riege der ostfriesischen Inseln, die der Fremde offensichtlich noch nicht kannte. Nach einer weiteren Viertelstunde war er dann wohl soweit im Bilde, dass er sich verabschiedete.

Nicht, ohne Eva noch einmal einen prüfenden Blick zuzuwerfen.

»Wer war das denn?«, fragte Eva, die es sich mittlerweile an dem Besuchertisch gemütlich gemacht hatte. Wie immer stand eine Kanne Kaffee bereit, wo sie sich gerne bediente.

»Ach, der kommt aus Bayern und will mal die Nordsee kennenlernen«, sagte Jürgen und setzte sich zu ihr.

»Das hörte man ihm aber gar nicht an. Er sprach ohne Akzent.«

»Er ist vielleicht zugezogen, was weiß ich. Auf jeden Fall war er anstrengend.« Jürgen goss sich Kaffee in einen Becher. »Warum bist du hier?«

»Brauche ich neuerdings einen Grund dafür?«

»Nein, natürlich nicht. Aber ich dachte nur ...«

»Was dachtest du?«

»Nun, vielleicht sollten wir uns langsam mal Gedanken über unser Weihnachtsmenü machen.« Jürgen sah in seinen Becher, als lese er in einem Buch.

»Weihnachtsmenü? Ich dachte, du isst Pizza, so wie immer.« Eva fand es süß, dass er so unsicher war. Schließlich war das Fest für Jürgen eine große Sache, hatte er ihr erzählt. Das feierte man nicht mit jedem. Und jetzt war sie dran.

»Ich esse zu Weihnachten doch keine Pizza, also wirklich«, gab sich Jürgen entrüstet.

»Und was schlägst du vor? Sollen wir was kommen lassen?«

»Du könntest doch etwas kochen.«

»Ich kann nicht kochen, ich fange Gangster. Schon vergessen?« Eva versuchte, ihrer Stimme einen burschikosen Unterton zu geben. Doch es misslang. Erwartete er tatsächlich, dass sie sich für ihn an den Herd stellte? Also, so weit waren sie nun wirklich noch nicht.

Es trat eine undefinierbare Stille ein. Doch es fühlte sich nicht unangenehm an. Jeder für sich spulte das ideale Bild eines Weihnachtsfestes ab und entschied sich, dass ein Kompromiss manchmal der beste Weg sein könnte.

»Wir könnten doch zusammen kochen«, schlug Jürgen schließlich vor.

»Und was?«

»Lass dir doch ein schönes Rezept von Klara geben.«

Klara. Ausgerechnet jetzt musste er von Klara anfangen. Wie feierte Klara eigentlich? Saß sie etwa alleine in ihrer gemütlichen Wohnung in Esens? Noch nie hatte Eva darüber nachgedacht. Und jetzt sollte sie ganz selbstsüchtig nach einem Rezept für ein Menü fragen, dass sie dann mit einem dahergelaufenen Mann, der eine Touristinfo leitete, mit dem sie im Prinzip nicht das geringste verband, verschlingen würde. Ausgerechnet an dem Tag, wo alle das Fest der Liebe feierten, würde sie ihre Freundin verraten. Sollte sie Klara vielleicht einfach mit auf die Insel einladen? So könnte sie zwei Fliegen mit einer Klappe schlagen. Sie müsste nicht alleine mit Jürgen ... was ihr bestimmt die ein oder andere Peinlichkeit ersparte und sie könnte ihr schlechtes Gewissen gegenüber Klara erleichtern.

»Gute Idee«, sagte Eva, »sie hat bestimmt noch das ein oder andere Geheimrezept auf Lager.« Manchmal musste man wohl ein wenig egoistisch sein, dachte sie und schmunzelte in sich hinein, als sie das Grübchen an Jürgens Kinn beobachtete, das sich ob der kleinen Freude über ihre Antwort leicht hob und senkte.

»Dann müssen wir ja nur noch einen Baum kaufen«, sagte Jürgen erleichtert, der sich schon den Kochlöffel in der Hand vor dem Bratentopf eine Gans beäugen sah, die ihn hämisch auslachte.

»Das habe ich schon ewig nicht mehr gemacht«, seufzte Eva. »Am besten, du kümmerst dich darum, mir ist jedes Modell recht. Gibt es hier überhaupt Baumschmuck zu kaufen? Ich habe nämlich keinen.«

»Aber sicher doch. Was glaubst du denn, wie wir Insulaner bisher gefeiert haben? Denkst du, wir laufen den Sommer am Strand entlang, um nach Treibgut fürs Weihnachtsfest zu suchen?« Er lachte sie offen an.

»So ähnlich könnte es gewesen sein«, sagte Eva verschmitzt. Plötzlich fühlte sich wieder alles gut und richtig mit Jürgen an.

Und das, obwohl diese Planungen ihr schon ein wenig gegen den Strich gingen. Sie war mehr Freiraum gewohnt in den letzten Jahren. Gerade, was Familienfeste betraf. Da war sie mit der Zeit völlig aus der Spur geraten.

Eiskalt

Niemand konnte ihm das abnehmen. Er saß jetzt hier und erhielt seine gerechte Strafe. Das wusste er. Und doch tat es weh. Seine Füße spürte er schon nicht mehr. Der Wind pfiff um seine Nase und ließ seine Haut erstarren. Kalt. Eiskalt. Immer wieder diese Worte. Gedanken erfroren. Er sah auf die raue See hinaus, die vom Wind aufgepeitscht wurde. Naturschauspiele hatten ihn schon immer fasziniert. Er liebte diese Insel. Er liebte das Gewaltige. Und wenn es das Letzte war, was er in den nächsten Stunden wahrnahm, dann konnte er sich für den glücklichsten Menschen halten.

Eine Träne versuchte, sich einen Weg entlang der Wimpern aus dem Augenwinkel heraus zu bahnen. Augenblicklich wurde sie starr vor Kälte und hielt inne, als überlegte sie, dass Weinen doch nicht das Mittel der Stunde sei. Doch wenn er an seine Enkeltochter dachte, dann wurde er immer sentimental. Sie war der einzige Mensch, der ihn je neben seiner geliebten Frau verstanden hatte. Seine Kinder, ach, die hatten keinen Sinn für seine Schrulligkeiten, wie sie es nannten. Ein alter Hof, den er noch alleine bewirtschaftete, war nun wirklich das Dümmste, was einem alten Mann einfallen könne, hatten sie gemeint. Er hatte auf ihre Gesellschaft keinen sonderlichen Wert mehr gelegt.

Abends sprach er gerne mit seinem Kater, der sich, wenn ihm danach war, zu ihm auf den alten Lehnstuhl gesellte. Er suchte es sich aus, das zeugte von Intelligenz. Während seine Kinder nur noch vorbeikamen, um festzustellen, wie lange sie noch auf ihr Erbe würden warten müssen. Er las es in ihren Augen. Doch ihnen weinte er keine Träne nach. Er wusste, dass sie ihn nicht vermissen würden, wenn er am nächsten Tag die Augen nicht mehr aufschlug. Und dass sie keinen Pfennig erben würde, dafür hatte er gesorgt.

Außer seiner Enkeltochter würde niemand um ihn weinen. Niemand. Sie würde weinen und doch wissen, dass es gut war, was jetzt geschah. Sie würde den Hof weiterführen. Sie hatte ihn schon als kleines Kind geliebt. Die vielen Tiere, die Ruhe und das weite Land.

Die Kälte war seine Hosenbeine hochgekrochen. Seine Knie brannten. Viel zu lange hatte er die Beine nicht mehr gestreckt. Und auch der Nacken machte sich bemerkbar. Der Schal, den ihm seine Frau vor vielen Jahren gestrickt hatte, er trug ihn noch immer. Doch langsam hatte die feuchte Luft die Maschen durchnässt und das Gewebe klamm gemacht. Der Wind griff hindurch und ließ ihn praktisch gefrieren.

Er wusste, dass es nicht mehr lange dauern würde. Wenn er seine Hände und sein Herz nicht mehr spürte, dann wäre es wohl vorbei.

Der Baum und der Tod

Eva drehte schon die dritte Runde um das Ungetüm, das jetzt mitten in ihrer kleinen Dienststelle stand. Jürgen hatte gleich nach ihrem letzten Gespräch einen Baum gekauft und hierher geschleppt. Den haben wir dann schon mal, hatte er gesagt, als er ihren fragenden Blick gesehen hatte. Es hatte fast den Anschein, als wenn er damit Anker warf für das Weihnachtsfest.

Vielleicht interpretierten Menschen wirklich zu viel in Tannennadeln hinein. Gefühle, gute Laune und Herzlichkeit. Nun gut, dass mit der guten Laune ließ sich ja mit Jürgen durchaus einrichten. Herzlichkeit? Um des lieben Friedens willen. Gefühle? Niemals. Sie drehte dem Baum den Rücken zu und wurde unangenehm in den Arm gepiekst. Wenn ich jetzt die Augen schließe und bis zehn zähle, dann ist das Ding vielleicht weg, dachte sie gleich der Naivität eines kleinen Kindes. Natürlich war der Baum noch da. Wäre ja auch zu schön gewesen.

Jemand hämmerte wild an ihre Tür. »Es ist offen!«, rief Eva, und ein junger Mann stürmte herein.

»Frau Sturm, Sie müssen unbedingt kommen. Man hat in den Dünen einen Toten gefunden.«

»Sind Sie sicher?«, fragte Eva überflüssigerweise, als ob so etwas in der Vorweihnachtszeit doch eher unpassend wäre.

Der Mann nickte heftig. Sie hatte ihn noch nie gesehen. Vermutlich war es einer der Touristen, denen Wind und Wetter nichts ausmachte, denn er trug nur einen dicken Strickpullover. Sie griff nach ihrer Jacke, dem Schal und den Handschuhen, und lief mit ihm hinaus.

Der Anblick, der sich Eva kurz darauf bot, ließ sie sprachlos werden. Im Schneidersitz saß dort in der bitteren Kälte ein völlig erfroren wirkender alter Mann. Seine Haare wurden von Eisblumen geschmückt und sein Bart stand wie ein Eispickel in der Senkrechten. Seine Hände waren gefaltet. Oder hatten sie einander gerieben, um der Kälte zu trotzen? Die Schaulustigen, die sich bereits eingefunden hatten, machten bestürzte Gesichter.

»Vielleicht hat er einen über den Durst getrunken und ist er erfroren«, sagte Eva, um die anderen zu beruhigen. Mord oder womöglich noch Selbstmord, das passte jetzt doch wirklich nicht in die Zeit. Und wie ein Opfer sah der alte Herr eigentlich auch nicht aus. Dafür trug sein Gesicht immer noch viel zu viel Stolz. Und doch musste er jetzt irgendwie von hier weggeschafft werden. Ein

Krankenwagen sei bereits gerufen worden, hatte man sie informiert. Doch musste der Mann nicht auch von Ole Meemken, dem Gerichtsmediziner, begutachtet werden? Auch wenn Mord zur Weihnachtszeit nicht gerade schön war, so konnte es doch sein, dass jemand nachgeholfen hatte.

Eva wunderte sich, dass Jürgen nirgends zu sehen war. Sonst war er doch immer mit einer der Ersten, wenn es Neuigkeiten gab.

»Wieso haben Sie uns gerufen?«, fragte eine Stimme neben ihr. Es war ein Sanitäter.

»Ich weiß nicht, wer Sie angerufen hat«, sagte Eva und zuckte mit den Schultern. »Ist wohl offensichtlich, dass Sie da nichts mehr machen können. Ich werde jetzt den Gerichtsmediziner kommen lassen.«

Der Sanitäter nickte. »Nichts für ungut. Aber wir haben auch so schon genug zu tun.« Er ging davon.

Jetzt setzte auch der Schnee wieder ein. Wenn es heute auch noch Wind dazu gab, würde sie es sich wieder mit einem guten Buch und einem Gläschen Wein oder besser noch Glühwein vor dem Kamin gemütlich machen, belohnte Eva sich in Gedanken. Sie zog ihr Handy aus der

Jackentasche und bat Ole Meemken, so schnell wie möglich zu kommen.

Und endlich kam auch Jürgen durch den Schnee gestapft.

»Wo bleibst du denn so lange?«, fragte Eva und zog ihren Schal fester um ihren Hals.

»Ich hatte Kundschaft«, sagte Jürgen. »Wollte gar nicht mehr gehen. Total nervig.«

»Guck dir den mal an.« Eva zeigte auf den Toten.

»Sieht komisch aus«, meinte Jürgen. »Diese Haltung, das hat irgendwie etwas Andächtiges.«

Interessanter Gedanke, dachte Eva.

»Du meinst den Schneidersitz, richtig?«

»Ja, das auch. Aber auch sein Gesicht ... als ob er ganz fest an jemand Bestimmtes denkt. Einen Menschen, der ihm sehr viel bedeutet hat.«

»Das alles siehst du in dem eingefrorenen Gesicht?«

»Hm ... und ich glaube, er lächelt sogar.«

»Na, nun hör aber auf. Ein Toter, der lächelt. Gleich erzählt du mir noch, an wen er in seinen letzten Minuten gedacht hat. Hoffentlich ist Meemken bald da, ich frier mir hier die Beine in den Bauch.«

Den Schaulustigen wurde es offensichtlich auch zu kalt. Sie hatten ihre Bilder mit ihren Smartphones gemacht, damit auch der Rest der Welt erfuhr, wie schnell und ungemütlich es sich auf Langeoog starb. Keine gute Werbung für die ostfriesische Insel.

Ole Meemken ließ sich etwas Zeit, so dass Jürgen irgendwann entschied, für sie beide einen Kaffee zu holen.

»Danke«, sagte Eva und pustete auf ihre roten Hände, als sie die Handschuhe ausgezogen hatte. »Es dauert nicht mehr lange, dann wird es dunkel. Man kann doch nicht ewig hier herumstehen, wo bleibt Ole nur.«

»Der kommt schon gleich. Ich bleib hier, du kannst dich ja ein bisschen bewegen, indem du spazieren gehst.«

»Ne, lass man. Ach, guck mal, da hinten kommt er ja endlich.«

Eva schilderte Ole Meemken kurz den Sachverhalt.

»Du tippst auf Mord?«, fragte der Fachmann.

»Nicht unbedingt. Aber geklärt werden muss das ja.«

»Freiwillig setzt sich doch keiner um diese Jahreszeit so lange an den Strand. Ich werde mir den Mann mal näher angucken. Ihr habt hoffentlich nichts angefasst.«

»Wir sind schon froh, dass uns die Hände in den Handschuhen nicht erfroren sind«, meinte Jürgen. »Wollen Sie auch einen Kaffee?«

Ole Meemken nickte. »Keine schlechte Idee.«

Er lief um den Toten herum und machte Fotos.

»Das kannst du dir sparen, musst nachher nur bei *Facebook* gucken, da findest du genug Bilder.«

»Na, so geschmacklos werden die doch wohl nicht sein ... außerdem ist das verboten, glaube ich.«

»Töten ist auch verboten, aber du siehst ja ...«

Nachdem der Gerichtsmediziner genug Bilder gemacht hatte, kramte er in den Manteltaschen des Opfers. Hustenbonbons aus Emden, ein Paket Tempotaschentücher, ein paar Gummiringe, ein Sturmfeuerzeug und goldrotes Silberpapier. »Er hat wohl noch einen Weihnachtsmann gegessen, bevor er abgedankt hat.

»Das ist ja makaber«, meinte Eva.

»Vielleicht wollte er die Welt mit dem Geschmack von Bitterschokolade verlassen.«

Eva hielt einen Moment inne in ihrer Bewegung. War das nicht wirklich denkbar, wenn es Selbstmord war? Und welchen Geschmack würde sie in ihrem letzten Augenblick bevorzugen? Schnell rief sie sich zur Ordnung.

»Kein Ausweis oder Portemonnaie dabei?«, fragte sie enttäuscht.

»Ich weiß nicht, dafür muss ich ihn bewegen, um in seinen Gesäßtaschen zu suchen. Hilfst du mir mal?«

Eva und Ole Meemken packten den Toten an den Schultern, um ihn auf die Seite zu legen. Doch etwas hielt den Körper zurück.

»Was ist das denn? Ist der etwa festgefroren?«, fragte Eva erstaunt.

»Quatsch, das ist hier doch keine Eisfläche.« Ole Meemken drückte nochmal unsanft gegen den Mann, der wieder stur an seinem Platz blieb.

»Da stimmt was nicht«, sagte er fachmännisch und wickelte den Schal des Toten ab.

»Oh mein Gott!«, rief Eva aus, als sie das Seil, das um den Hals des Toten geschlungen war, sah. Es war bestimmt dreimal um seinen Hals gewickelt worden und beide Enden liefen hinter seinem Rücken entlang auf den Boden zu.

»Das glaub ich jetzt einfach nicht«, sagte Ole Meemken und man hörte seiner Stimme an, dass er es bitterernst meinte.

»Was ist?«

»Man hat ihm diese Schlinge um den Hals gelegt und dann die Enden hier verankert. Mit Heringen.«

»Heringe?« Eva verstand nur noch Bahnhof.

»Ja, das sind die Dinger, mit denen Zelte an Schlaufen im Sand festgesteckt werden, damit sie nicht wegwehen.«

»Du willst doch wohl nicht damit sagen, dass man den Mann hier praktisch festgetackert hat, oder?«

»So in der Art eigentlich schon. Und guck mal, da ist noch ein weiteres, aber viel dünneres Seil um seinen Hals.« Ole Meemken schob den Kragen des Toten weiter vom Hals ab, so dass auch Eva etwas sehen konnte. »Und die Enden führen in die Ärmel.«

»Oh mein Gott, ich glaube, das will ich gar nicht wissen, was das zu bedeuten hat.« Eva hatte für heute genug gesehen. Aber weglaufen sah bei einer Polizistin irgendwie uncool aus, wie die Jugend das wohl auszudrücken pflegte.

»Man hat ihn so auf Spannung gesetzt, damit er nicht umkippt«, stellte Ole Meemken pragmatisch fest. »Ganz schön raffiniert.«

»Na, ob das die richtige Redewendung dafür ist, wage ich zu bezweifeln.«

»Wie dem auch sei, Selbstmord kannst du so wohl ausschließen, liebe Eva.«

»Immerhin etwas. Aber dann stimmt ja auch deine Theorie mit der Bitterschokolade nicht mehr.«

»Es sei denn, der Mörder hat ihn die Schokolade essen lassen, bevor er den Mann getötet hat.«

»Das war dann aber bestimmt nicht als nette Geste gemeint, wenn du mich fragst.

Jürgen kam mit dem Kaffee für den Gerichtsmediziner.

»Hier, bitte.«

Ole Meemken nahm dankbar an.

»Du ahnst ja nicht, was hier wieder los ist«, seufzte Eva und brachte Jürgen auf den Stand der Dinge.

»Das war's dann wohl mit deiner Andächtigkeit«, schloss sie, »der Mann wird sich hier wohl nicht selber gefesselt und fixiert haben.«

Sie sah das Weihnachtsfest bereits den Bach runtergehen. Nachdem jetzt klar war, dass jemand hier nicht unerheblich nachgeholfen hatte bei dieser Statue, bekam sie alle Hände voll zu tun. Wer weiß, wofür's gut ist, dachte sie insgeheim. So intime Feiern bargen manchmal mehr Gefahren als ihr dazu vergleichsweise harmloser Job.

»Du bekommst meinen Bericht so schnell wie möglich«, sagte Ole Meemken.

»Danke«, sagte Eva. »Das wird die Kurverwaltung nicht gerade erfreuen, dass wir ausgerechnet zu Weihnachten einen Mord haben.«

»Vielleicht ist es ja Absicht«, meinte Jürgen.

»Dann hätte der Mörder sich doch sicher direkt den Weihnachtstag oder Heiligabend ausgesucht, meinst du nicht?«

»Ihr macht das schon«, sagte Ole Meemken und reichte Jürgen den leeren Becher zurück. »Ich mach mich dann mal mit dem Eismann auf den Weg.«

Eva lief mit dem Gerichtsmediziner zum Flieger. »Hoffentlich wissen wir bald, wer das ist, sonst können wir ja gar nicht anfangen mit unserer Arbeit.«

»Das stimmt. Vielleicht lässt sich ja was über die Fingerabdrücke oder die DNA erreichen«, meinte Ole Meemken.

»Ich werde nochmal ein Foto mit meinem Handy machen und hier herumfragen«, sagte Eva.

Ole Meemken zog den Leichensack noch einmal auf. Das Gesicht des Toten war jetzt vom Eis befreit und der Mann sah aus, als ob er lächelte. Eva blieb wie erstarrt stehen.

»Was ist?«, fragte Ole Meemken. »Das ist doch nicht deine erste Leiche.«

»Nein«, sagte Eva noch starr vor Schreck. »Aber ich weiß, wer das ist.«

»Ach ja? Und das merkst du erst jetzt?«

»Das gefrorene Gesicht hat mir nichts gesagt. Aber jetzt ... es ist Heinrich Gerlach.«

»Aha. Sollte mir das was sagen?«

»Nein, dir nicht. Aber mir. Er war auch in den letzten Mordfall hier auf Langeoog verwickelt ... die Briefmarkenfreunde, vielleicht erinnerst du dich.«

»Wie könnte ich das vergessen. Und er hat mit der Sache zu tun gehabt?«

»Nicht mit den Morden. Aber er galt lange Zeit als vermisst. Eigentlich bis heute ...«

»Na, jetzt hast du ihn ja wieder.« Ole Meemken machte Anstalten, den Leichensack wieder zu schließen.

Eva nickte. Sie hatte genug gesehen.

Warum er?

Eva hatte ihr Handy mit den Fotos verstaut und Ole Meemken nachgesehen, wie er in den Helicopter stieg. In ihr war alles wieder hochgekommen.

Dann war sie zur Dienststelle gerannt und hatte alles zum letzten Fall mit den Briefmarkensammlern auf den Schreibtisch geknallt. Das durfte doch einfach nicht wahr sein. Fast hätte sie ihn doch vergessen gehabt. Und jetzt suchte er sie ausgerechnet jetzt wieder heim? Heinrich Gerlach, der traurige Mann mit Katze, der seiner Enkelin Wiebke einen Abschiedsbrief geschrieben hatte, bevor er verschwand. Sie erinnerte sich noch gut daran, wie er ihr im Oktober den fleckigen Briefumschlag zur Verwahrung im Safe überreicht hatte. Genau hier vor ihrem Schreibtisch hatte er gestanden. Sie hatte Briefmarken in dem Umschlag vermutet. Doch dann war es ein Brief, in dem er praktisch seinen Selbstmord ankündigte. Das hatte sich im Nachhinein als Irrtum erwiesen, als sie seinen Hof in Ditzumerhammrich aufgesucht hatten. Dort gab es Hinweise, dass er noch lebte. Und wieder fanden sie einen Brief an seine Enkelin Wiebke, die jetzt auf dem Hof lebte. Mutterseelenallein, wenn man von den Tieren einmal absah.

Was hatte dieser Mann in den letzten Wochen getrieben? Und warum war er jetzt tot? Eva musste unbedingt mit Jürgen darüber sprechen.

Sie nahm das Telefon und wählte die Nummer der Touristinfo. Sie machte es dringend und so willigte Jürgen ein, sich gleich zum Kaffee in der Dienststelle einzufinden.

»Und du bist ganz sicher, dass es Heinrich Gerlach ist?«, fragte Jürgen, als Eva ihn kurz darauf eingeweiht hatte.

»Aber natürlich bin ich sicher. Nun guck doch mal.« Sie hielt ihm ihr Handy vor die Nase.

»Ist ja gut. Ich meinte ja nur, man kann sich doch auch täuschen. Ich habe ihn ja nicht kennen gelernt.«

»Eben.« Eva ließ das Handy geräuschvoll auf den Schreibtisch fallen.

»Warum bist du eigentlich so sauer?«

Eva schnaufte. »Ach, das verstehst du nicht.«

»Wie so vieles.«

»Ach, es ist nur ... eigentlich hatte ich gedanklich schon mit ihm abgeschlossen. Er war verschwunden und von mir aus hätte er das auch bleiben können.«

»Du hast ein schlechtes Gewissen, stimmt's?«

»Warum sollte ich das wohl haben?«

»Was weiß ich, was in euch Frauen vorgeht ...« Jürgen legte seine Füße auf einen weiteren Besucherstuhl.

»Du hast ja recht«, gab Eva zu. »Irgendwie denke ich immer noch, dass ich etwas hätte machen können, wenn ich damals richtig reagiert hätte. Ich hätte ja nach ihm suchen können.«

»Aber es gab doch überhaupt keinen Grund für eine polizeiliche Ermittlung«, wandte Jürgen ein. »Der Mann war nun wirklich alt genug, um seine eigenen Entscheidungen zu treffen. Und jeder kann hingehen, wo und wann er will. Der Brief an seine Enkelin sah ja auch nun wirklich nicht nach einem letzten Brief aus. Und in die Morde der Briefmarkenfreunde war er auch nicht verwickelt. Du hast alles richtig gemacht. Hör auf, dich zu quälen.«

»Es stimmt ja alles, was du sagst«, gab Eva zu. Sie fühlte sich durch Jürgens aufmunternde Worte schon um einiges besser. »Und trotzdem bleibt jetzt noch die unangenehme Aufgabe, Wiebke die traurige Nachricht zu überbringen.«

»Du willst es selber machen?«, fragte Jürgen erstaunt.

»Warum denn nicht?«

»Na, das können doch wirklich die Kollegen in Leer erledigen, meinst du nicht?«

Eva zuckte mit den Schultern. »Kann sein. Aber irgendwie habe ich das Gefühl, dass ich es ihr schuldig bin. Verstehst du?«

Jürgen stand auf und lief um den Schreibtisch herum. »Mensch Eva, du machst es dir wirklich schwer. Du bist nicht für das Seelenheil aller Menschen verantwortlich, nur weil sie einmal kennen gelernt hast. Es gibt wirklich keinen Grund für deinen persönlichen emotionalen Einsatz. Ermittler brauchen doch Abstand zu ihren Fällen, oder?« Er legte eine Hand auf ihre Schulter, um sie zu trösten.

»Vielleicht finde ich ja auch noch einen Hinweis auf dem Hof. Jetzt, wo er wirklich tot ist, habe ich ja einen Grund, da alles auf den Kopf zu stellen.«

»In Gottes Namen«, stöhnte Jürgen. »Wann fahren wir los?«

»Morgen früh«, sagte sie und lächelte schon wieder.

Das Festland

Am nächsten Morgen stand Eva in aller Herrgottsfrühe dick eingemummt am Fähranleger. Es war noch dunkel und der Wind wirbelte die dicken Schneeflocken durch die Luft.

»Morgen«, hörte sie Jürgen neben sich. Auch er hatte sich dick eingemummt und nuschelte durch einen dunkelblauen Strickschal.

Auf der Fähre ließen sich nur wenige Gäste von Weihnachtsmusik in Stimmung bringen.

»Weiß Klara denn, dass du kommst?«

»Klara? Ach herrje, das habe ich ja ganz vergessen. Wir werden sie wohl aus dem Bett klingeln«, sagte Eva und wärmte sich ihre Hände an dem Kaffeebecher, den Jürgen ihr geholt hatte.

»Du kannst sie doch jetzt noch anrufen«, schlug Jürgen vor.

»Dann bekommt sie einen Herzinfarkt, glaub mir. Bei Klara ruft um diese Zeit niemand an, es sei denn, es ist etwas passiert.«

»Wir könnten ja auch einen Wagen mieten«, meinte Jürgen.

»Oder ich rufe bei den Kollegen in Wittmund an, dass man mich abholt in Bensersiel. Ach, das geht ja gar nicht, du bist ja dabei. Dann wäre ich wieder in Erklärungsnot wegen dir.«

»Ich kann ja die nächste Fähre zurück nehmen, wenn ich so lästig bin«, maulte Jürgen.

»Ach, schon gut. Wir nehmen uns ein Taxi und klingeln an Klaras Tür. Sie freut sich bestimmt, uns zu sehen.«

Bis sie anlegten, wurde geschwiegen. Es lag eindeutig etwas in der Luft. Eva konnte nur noch nicht sagen, was es war. Vielleicht ahnte Jürgen, dass das gemeinsame Weihnachtsfest auf dem Spiel stand, wenn sie bis dahin nicht herausgefunden hatten, was mit Heinrich Gerlach passiert war. Und vermutlich hatte er genauso wenig Lust auf die ganze Mordermittlung wie sie selber. Hätte der Mörder denn nicht bis Neujahr warten können?

Sie nahmen sich in Bensersiel ein Taxi und fuhren nach Esens zu Klara. Diese machte bereits nach dem ersten Klingeln auf und stand fix und fertig angezogen vor ihnen.

»Das ist ja eine schöne Überraschung«, sagte sie voller Freude und schloss Eva in ihre Arme. »Warum hast du denn nicht angerufen, ich hätte euch ein schönes Frühstück machen können.« Sie gab auch Jürgen die Hand.

»Wir haben gar nicht so viel Zeit«, sagte Eva. »Du erinnerst dich vielleicht an die Sache mit den Briefmarkenfreunden?«

Klara Bertschoo nickte.

»Jetzt hat man den Mann aus Ditzumerhammrich gefunden. Er lag tot am Strand auf Langeoog.« Eva ersparte der alten Dame lieber die Einzelheiten.

»Das gibt es doch nicht«, sagte Klara. »Nun kommt doch erst mal rein. Für einen Tee ist doch immer Zeit.«

Und so war es fast Mittag, als sie endlich in Ditzumerhammrich bei dem Hof von Heinrich Gerlach ankamen. Die Straßen waren matschig und teilweise vereist, so dass sie kaum mehr als achtzig fahren konnten.

Draußen vor der alten Scheune liefen Hühner frei herum und eine Gans machte die Flügel breit und kreischte auf, als Eva und Jürgen auf die Tür zuliefen.

»Das ist schon ein Paradies für Tierfreunde«, sagte Eva.

»Für mich wär das ja nichts«, meinte Jürgen. »Die Gans wäre zu Weihnachten fällig.«

»Das ist so typisch Mann.« Eva klopfte an die alte Holztür und sie lauschten.

Es tat sich nichts.

»Vielleicht ist sie nicht da«, meinte Jürgen. »Einen Wagen seh ich hier auch nicht.«

»Ja, möglicherweise ist sie einkaufen gefahren.«

»Oder sie besucht ihre Eltern.«

»Ob sie schon etwas vom Tod ihres Großvaters erfahren hat?«

»Von wem denn?«

»Keine Ahnung. Vielleicht haben ja doch die Kollegen schon Bescheid gesagt.«

»Ohne dich zu informieren. Die sind doch nicht lebensmüde.«

»Sehr witzig.«

Während sie sich unterhielten, hörten sie nicht, wie Wiebke mit ihrem Wagen vorfuhr.

»Hallo! Wollen Sie zu mir?«

Eva drehte sich um. »Guten Tag ... wir müssen ...«

»Frau Sturm? Was machen Sie denn hier?« Wiebke hatte Eva wiedererkannt und gab ihr die Hand.

»Das ist nicht so leicht zu erklären. Können wir vielleicht reingehen?«

Wiebke nickte und schloss auf. »Kommen Sie, ich mache uns mal einen Tee.«

Während die junge Frau mit Tassen hantierte, erzählte Eva ihr die traurige Geschichte von ihrem Großvater. Auch hier sparte sie die makabren Einzelheiten aus. Wiebke wirkte zunächst gefasst, doch als sie sich setzte und zur Ruhe kam, liefen dicke Tränen unaufhörlich ihre Wangen hinab.

»Hast du deinen Großvater denn noch einmal gesehen, nachdem wir hier gewesen waren?«, fragte Eva behutsam und hielt Wiebkes Hand.

»Nein«, schluchzte Wiebke. »Er ist nicht mehr hergekommen. Aber das hatte ich mir auch schon gedacht. Es war für ihn bestimmt nicht leicht, seinen Kater William zurückzulassen. Das hätte er nicht noch einmal ertragen.« Sie rieb sich mit einem Taschentuch über die Augen.

»Verstehe«, sagte Eva. Sie fragte sich, was in dem Kopf des alten Mannes vorgegangen sein musste, dass er imstande war, seine geliebte Enkelin und William alleine zurückzulassen. Es mussten schwerwiegende Gründe gewesen sein. Sie fühlte sich dieser Frau verbunden, weil sie ihren Großvater gekannt hatte. Und auch, weil sie die Zeichen nicht richtig hatte deuten können, und nichts unternommen hatte, um das, was jetzt eingetreten war, zu verhindern.

»Wir müssten uns ein wenig umsehen, wenn das für dich in Ordnung ist.« Eva strich der jungen Frau über den Arm.

»Ja sicher.« Wiebke nickte und schnäuzte sich. »Aber wonach suchen Sie denn?«

»Wir suchen nach einem Grund, warum man deinen Großvater ermordet hat«, sagte Eva.

»Da werden Sie hier sicher nichts finden«, sagte Wiebke leise. »Hier ist doch nichts, wofür es sich lohnt, jemanden umzubringen.«

Eva und Jürgen brauchten gut eine Stunde, um sich ein Bild über das Hab und Gut von Heinrich Gerlach gemacht zu haben. Es stimmte, was Wiebke gesagt hatte. Es gab nichts. Nichts außer altem Geschirr, Betten, Schränken und Kleidern. Es schien, als habe das Leben von Heinrich Gerlach in der Vergangenheit stattgefunden. Sicher hatte er sich seit Jahren nichts Neues mehr angeschafft. Aber was hatte er mit seinem Geld gemacht, wenn er es nicht ausgab?

»Wirst du über Weihnachten zu deinen Eltern fahren?«, fragte Eva, die sich Sorgen um Wiebke machte, wenn sie diese hier alleine zurückließen.

»Ich glaube schon. Es wird mir hier bestimmt zu traurig, wenn ich alleine mit William bin.«

»Das denke ich auch. Du machst das schon richtig. Und wenn irgendetwas sein sollte, dann kannst du mich jederzeit anrufen.«

Ach du lieber Himmel, dachte Jürgen und sandte einen Blick in Richtung desselbigen. Wollte Eva jetzt etwa Babysitter spielen und ständig von der Insel zum Festland jetten? Sie lief wirklich Gefahr, sich zu viele persönliche Gefühle zu leisten.

»Das ist nett von Ihnen«, sagte Wiebke und Eva drückte sie noch einmal.

»Sag mal Wiebke, weißt du eigentlich, was dein Großvater mit seinem Geld gemacht hat?«, fragte Eva zum Schluss.

Die junge Frau machte ein nachdenkliches Gesicht. »Nein, eigentlich nicht. Geld war nie sein Thema. Sie sehen ja, dass er ein einfaches Leben geführt hat.«

»Was hat er denn beruflich eigentlich gemacht früher?«

»Er war Fliesenleger.«

»Da gab es sicher immer eine Menge zu tun.«

»Ja, ich glaube wohl.«

»Weißt du, bei welcher Bank er war?«

»Bei der Sparkasse in Leer. Aber mehr weiß ich auch nicht. Wir sind nur ab und zu zusammen dahin gefahren, wenn er mir wieder mal finanziell unter die Arme gegriffen hat.« Sie lächelte bei dem Gedanken. »Opa hat mir nie einen Wunsch abgeschlagen.«

»Das kann ich mir vorstellen. Und jetzt werden wohl deine Eltern die Verfügungsgewalt über das Konto erhalten.« Eva dachte nach. »Kannst du mir vielleicht die Telefonnummer deiner Mutter geben?«

»Sicher«, sagte Wiebke und schrieb etwas auf einen kleinen Zettel, der auf dem Küchentisch lag. »Hier bitte. Aber ich glaube, die werden Sie jetzt nicht erreichen. Meine Eltern fahren schon seit Jahren vor Weihnachten in Urlaub in den Süden, weil da dann nicht so viel los ist. Sie kommen meistens erst Ende Januar wieder zurück.«

Komisch, dachte Eva. Eben hatte das Mädchen doch noch behauptet, zu Weihnachten zu ihren Eltern zu fahren. »Dann kannst du deine Eltern zu Weihnachten ja gar nicht besuchen«, sagte sie.

Wiebke nickte. »Stimmt, das hatte ich ganz vergessen. Es war wohl einfach zu viel ... das mit Opa.« Sie machte ein trauriges Gesicht und strich dem Kater über den Kopf.

Mag sein, dachte Eva. Doch irgendetwas ließ sie daran zweifeln, dass Wiebke wirklich alles gesagt hatte.

»Na gut, wir werden uns dann jetzt verabschieden«, sagte sie zu Wiebke. »Und ruf an, wenn irgendetwas ist.«

Wiebke winkte dem Wagen nach, bis er am Horizont verschwand. Dann ging sie ins Haus und legte noch einmal Holz in den Ofen nach, so dass sie Flammen loderten. Sie liebte Feuer. Und es war manchmal so unglaublich nützlich. Sie nahm ihren Rucksack und setzte sich in den alten Sessel, in dem ihr Opa immer vor dem Ofen gesessen hatte. Auch er hatte gerne in die Flammen gesehen. Wiebke öffnete den Rucksack und zog einen roten Heftordner heraus. Sie lächelte. Dann zerknüllte sie jedes Blatt einzeln und warf es in die Flammen. Eva Sturm war nett. Vielleicht zu nett. Denn sie hatte es versäumt, der Enkelin des Opfers zu misstrauen.

Grünkohl

»Das ist doch schrecklich, so ein junges Mädchen so ganz alleine auf dem alten Hof«, sagte Eva, als sie wieder in Richtung Esens unterwegs waren.

»Sie hat es sich doch selber so ausgesucht. Du machst dir zu viele Gedanken. Und sie hat ja auch ihre Tiere.«

»Stimmt, das ist manchmal mehr wert als jeder Mensch«, sagte Eva schnippisch. Mehr sagte sie nicht. Und das wiederum zeigte Jürgen, dass wieder harte Zeiten auf ihn zukamen.

Als sie den Wagen wieder bei Klara ablieferten, überredete diese sie noch zu einem schönen Grünkohlessen mit Kohlwurst und geräuchertem Speck. Sie würden bei Klara übernachten und erst am nächsten Morgen zurück nach Langeoog fahren.

»Wie feiert ihr beiden eigentlich Weihnachten?«, fragte Klara, als sie für alle nach dem Essen noch einen schönen Aquavit zur Verdauung eingeschenkt hatte.

Eva wich Jürgens Blick demonstrativ aus und dieser zuckte mit den Schultern. »Auf der Insel ist Weihnachten immer ganz gemütlich. Es kommen auch viele Touristen, um mal anders zu feiern.«

Klara beäugte beide und dachte sich ihren Teil. »Na, ich werde zu meinen Verwandten nach Düsseldorf fahren. Hier so alleine, das wäre mir dann doch zu trostlos.«

»Das wird bestimmt schön«, sagte Eva und sah zu dem leuchtenden Weihnachtsstern, der im Fenster hing.

Und damit war das Thema Weichnachten an diesem Abend vom Tisch.

Klara schenkte noch zweimal nach und wünschte den beiden eine gute Nacht.

»Ich weiß gar nicht, wo ich da ansetzen sollte«, sagte Eva, als Klara gegangen war.

»Du meinst bei dem Gerlach?«, fragte Jürgen, dessen Zunge lockerer wurde.

»Ja. Die einzige Erklärung, die ich habe, ist Geld.«

»Was für Geld?«

»Na denk doch mal nach ...«

»Ich bin ein Mann.« Jürgen griff schon wieder zur Flasche.

»Auch wieder richtig.« Eva hielt ihm ihr Glas hin.

»Eva, echt jetzt. Kannst du mir sagen, was eigentlich mit dir los ist?«

»Mit mir? Du tust doch die ganze Zeit so komisch.«

»Ich? Was mach ich denn?«

»Nichts.«

»Und was ist daran verkehrt.«

»Vergiss es.«

Es wurde still. Eva wusste ja, dass sie unfair war. Und sie wusste doch selber nicht warum. War es denn wirklich so schlimm, dass sie Gefühle für einen Mann hatte, der auch noch nett zu ihr war? War sie wirklich schon so gestört, dass sie nicht einmal mehr das ertrug?

»Es tut mir leid«, sagte sie kleinlaut.

»Das sollte es auch.«

»Willst du gar nicht wissen, was?«

»Passt schon.«

»Sag mal, was hast du eigentlich zu Weihnachten gemacht, als ich noch nicht auf Langeoog war?«

»Was soll ich gemacht haben? Gefeiert natürlich.«

»Und mit wem?«

Daher wehte der Wind, dachte Jürgen. Eva hatte ihn noch nie nach seiner Vergangenheit gefragt und das war ihm schon merkwürdig vorgekommen. Gerade sie als Polizistin musste das doch brennend interessieren. Hatte sie ihm vielleicht sogar heimlich nachgeschnüffelt? Zuzutrauen wäre es ihr. Er sah sie aus dem Augenwinkel heraus an.

»Wieso willst du das wissen?«, fragte er und griff nach seinem Wasserglas. Jetzt wollte er doch lieber einen klaren Kopf behalten.

»Ach nur so. Es könnte doch sein, dass irgendjemand enttäuscht ist, wenn du in diesem Jahr mit mir feiern willst.«

Jürgen dachte an das letzte Jahr, als Eva bereits auf Langeoog gewesen war. Er hatte es sich in seiner kleinen Wohnung mit einem bunten Plastikweihnachtsbaum und einer Tiefkühlpizza gemütlich gemacht. Niemand ging an Heiligabend alleine zum Essen aus. Das hatte er einmal gemacht und war nur auf voll besetzte Tische mit glücklichen Gesichtern getroffen. Er hatte bei seinem Lieblingsitaliener einen sogenannten Katzentisch für eine Person bekommen. Wahrscheinlich aus Mitleid, denn eigentlich passte der nur noch zwischen Tresen und Klotür. Ja natürlich hatte er auch schon Weihnachtsfeste mit einer Partnerin erlebt. Doch musste Eva das unbedingt wissen? Was spielte das denn jetzt für eine Rolle? Er war doch kein Mönch. Aber noch nie hatte sie danach gefragt. Was also führte sie im Schilde? Wollte sie jetzt etwa mit ihm ernst machen? Eva sah ihn lauernd an. Er musste jetzt irgendetwas sagen.

»Ich glaube, wir sollten uns jetzt schlafen legen«, sagte er schließlich. Denn alles andere hätte nur zum Chaos geführt, da war er sich sicher. Dafür kannte er Eva einfach schon zu gut.

Das Frühstück am nächsten Morgen verlief nett, doch irgendetwas lag da in der Luft bei den beiden, dachte Klara, als sie spürte, dass beide um das Thema Weihnachten wie die Katze um den heißen Brei schlichen. Das freute sie, denn zeigte es doch, dass es beiden durchaus ernst um den anderen war. Klara schmunzelte in sich hinein, als Eva einen puterroten Kopf bekam, als sie ihr zum Abschied »er ist der Richtige« ins Ohr flüsterte.

Langeooger Stimmungstief

Eva hatte sich die Daten des Bankkontos von Heinrich Gerlach von der Sparkasse geben lassen und sah sich die Kontobewegungen durch. Es war im Prinzip nichts Auffälliges zu entdecken und damit hatte sie auch gar nicht gerechnet. Abbuchungen von Versorgungsunternehmen, hier und da eine Spende an Tierschutzorganisationen und Rechnungen, die beglichen wurden. Und natürlich die Barabhebungen. Heinrich Gerlach war demnach einmal im Monat nach Leer gefahren und hatte sich dreihundert Euro abgeholt. So wie es auf dem Hof ausgesehen hatte, kam er damit bestimmt ganz gut über die Runden. Das beste Futter hatte sicher sein Kater William abgestaubt, während der alte Mann von Brot und Käse gelebt zu haben schien. Er hatte die *Rheiderland Zeitung* abonniert, um auf dem Laufenden zu bleiben. Seine Freizeit hatte er mit seinen Tieren auf dem Hof zugebracht und war offensichtlich nur verreist, wenn es um seine Briefmarken ging. Wiebke hatte ja erzählt, dass er über den Tod seiner Ehefrau nicht hinweggekommen war.

Muss Liebe schön sein, dachte Eva und seufzte. Sie konnte nicht verhindern, dass Jürgens Gesicht vor ihrem inneren Auge aufblitzte. Liebte sie den Kerl etwa? Schnell schob sie den Gedanken beiseite und studierte weiter die Bankdaten. In regelmäßigen Abständen war auch eine größere Summe an immer den gleichen Empfänger überwiesen worden. Fünfhundert Euro gingen alle drei Monate an ein Konto, das einer gewissen Sternensucher AG gehörte. Was hatte das zu bedeuten? War Heinrich Gerlach neben seiner Leidenschaft für Briefmarken auch noch ein Sterngucker gewesen? Eva setzte sich an ihren PC und gab den Namen Sternensucher AG ein. Es gab Verlinkungen zu allen möglichen Seiten, doch ein einzelnes Unternehmen war nicht darunter. Das machte sie stutzig. Sie sah auf die Uhr an der Wand. Gleich war es schon Mittag und Jürgen war heute noch gar nicht aufgetaucht oder hatte sich wenigstens gemeldet. Was war nun schon wieder los? Sie beschloss, zu ihm in die Touristinfo zu gehen und ihm von ihrer Entdeckung zu berichten.

Als sie gerade die Tür hinter sich schließen wollte, klingelte ihr Telefon auf dem Schreibtisch. Also ging sie zurück und nahm ab.

»Hallo Ole«, sagte sie kurz darauf, als sie erkannte, dass der Gerichtsmediziner dran war.

»Moin Eva«, sagte er. »Ich wollte dich lieber direkt über meine Ergebnisse informieren.«

»Klingt ja spannend«, sagte sie, die es eigentlich gewohnt war, dass er den Bericht einfach faxte oder neuerdings auch per Mail schickte.

»Das ist es auch. Ich habe die Untersuchungen an Heinrich Gerlach abgeschlossen und ich kann dir keine konkrete Todesursache nennen.«

»Was soll das heißen?«, fragte Eva perplex. »Irgend woran stirbt man doch immer.«

»Das stimmt in der Regel ja auch. Aber bei dem Gerlach sieht es so aus, als ob einfach sein Herz stehen geblieben wäre.«

»Aber doch nicht einfach so«, entrüstete sich Eva. »Denk doch mal daran, wie wir ihn vorgefunden haben.«

»Weiß ich doch«, beschwichtigte Ole Meemken. »Und es war nicht einmal ein Herzinfarkt, das ließe sich ja nachweisen. Er ist einfach aus den Latschen gekippt und keiner weiß, warum.«

»Du weißt es nicht«, knurrte Eva, der die Sache nicht schmeckte.

»Willst du mich beleidigen? Du kannst gerne noch eine zweite Meinung einholen«, sagte Ole Meemken mit belegter Stimme.

»Sorry, so war das nicht gemeint. Es macht die Sache nur nicht gerade leichter, wenn jemand einfach so umkippt. Dann kann man ja nicht mal von Mord sprechen, obwohl er gefesselt war. Das ist doch wirklich zum ...« Den Rest verkniff sie sich.

»Ganz meine Meinung. Ich schicke dir den Bericht gleich noch per Mail.«

»Danke«, sagte Eva und legte auf. Das konnte ja heiter werden, dachte sie. Sie musste jetzt wirklich dringend mit Jürgen sprechen.

Es hatte seit Tagen nicht mehr geschneit und warme Luft, die über den Atlantik heraufzog, schaffte ein milderes Klima, das mit Weihnachten nun gar nichts mehr zu tun hatte. Da auch noch die Sonne am Himmel stand, entschloss sich Eva, einen kleinen Umweg am Strand entlang zu machen. Und sie war nicht alleine auf die Idee gekommen. Einige Pärchen schlenderten am Ufer entlang. Es war ein schönes friedliches Bild. Und schon wieder geisterte Jürgen in ihren Gedanken herum. Hatte sie vielleicht einfach nur Angst vor zu viel Nähe? Nur gut, dass es nicht mehr schneite. Schneeflocken machten doch nur gefühlsduselig. Sie beeilte sich, zur Touristinfo zu kommen.

Jürgen war gerade mit einer Kundin beschäftigt, als Eva die Tür aufmachte. Er erzählte etwas von der Seehundstation in Norddeich, die es auch zu besuchen lohnte. Als sie ihm zuwinkte, nickte er nur kurz und wandte sich wieder der Frau zu. Was war denn jetzt los?, fragte sich Eva, dass er nicht einmal mehr die Zähne zur Begrüßung auseinanderbekam. Fast bereute sie es schon, überhaupt hierhergekommen zu sein. Als Jürgen dann auch noch von den Zwillingsmühlen in Greetsiel anfing, ohne ihr weiter Beachtung zu schenken, wurde es ihr zu bunt. Sie drehte sich um und verließ den Laden. Sollte er doch mit seinen Sehenswürdigkeiten glücklich werden. Sie hatte nun wirklich Besseres zu tun. Nämlich einen Mord aufklären, der vielleicht gar keiner war. Damit wäre sie bestimmt über die Feiertage, und wenn sie Glück hatte, bis nach Neujahr beschäftigt. Sollte Jürgen doch bleiben, wo der Pfeffer wuchs.

Zurück in der Dienststelle setzte Eva sich erst einmal einen Kaffee an. Die Sonne stand jetzt so, dass sie direkt auf ihren Schreibtisch strahlte. Das machte Laune und half über miese Gedanken an gewisse Leiter von Touristinfobüros hinweg. In ihrem Mailpostfach fand Eva auch den kompletten Bericht von Ole Meemken. Sie druckte ihn sich aus und setzte sich damit und einem Becher Kaffee auf das kleine Ostfriesensofa am Fenster und legte die Beine hoch, und begann, ihn genauer zu studieren. Heinrich Gerlach schien trotz seines Alters ein kerngesunder Mensch gewesen zu sein. Weder war seine Leber vergrößert noch hatte er ein schwaches Herz gehabt. Und doch war es einfach stehen geblieben. Aber warum? Auch gab es keine Hinweise darauf, dass er einen Erfrierungstod erlitten hatte. Eva ließ ihren Blick nach draußen schweifen. Wer also hatte ihn dort draußen am Strand zurückgelassen? Und wie war Heinrich Gerlach gestorben?

Wenn man's genau betrachtete, hatte Eva nicht die geringste Lust, das herauszufinden. Alte Menschen starben nun mal. Das war der normale Kreislauf. Hätte man ihn einfach so ohne seine Fesseln gefunden, hätte man das Ganze sicher als Herzinfarkt abgetan, er wäre aufs Festland geflogen worden und noch vor Weihnachten unter der Erde verschwunden. Aber nein, irgendjemand musste ja ein Tau um seinen Hals hängen und ihr damit das Leben schwer machen. Ihr fiel die Sternensucher AG wieder ein. Sie musste noch herausfinden, was genau dahintersteckte. Da sie in dem Bericht nichts weiter fand, was ihr hilfreich erschien, setzte sie sich wieder an den PC und gab verschiedene Stichworte in die Polizeidatenbank ein. Unter anderem auch »ungeklärte Todesfälle«. Und sie war erstaunt, wie viele es doch davon gab. Alleine in ihrem Zuständigkeitsbereich im Kreis Aurich immerhin siebenundfünfzig. Das machte sie doch neugierig und sie filterte die, wo die Opfer älter als sechzig waren, heraus. Es blieben noch vier übrig. Drei Männer und eine Frau. Angespornt durch diese überschaubare Anzahl entschloss sich Eva, sich einmal intensiver mit diesen Menschen, oder besser gesagt, Toten zu beschäftigen. Sie druckte sich die kompletten Einträge zu allen heraus und hatte am Ende einen dicken Stapel Seiten, mit dem sie sich wieder auf ihr Sofa am Fenster verkroch.

Immer wieder wanderte ihr Blick nach draußen. Ob Jürgen noch vorbeikommen würde? Die Uhr an der Wand zeigte mittlerweile Viertel nach vier und ihr Magen begann zu knurren. Beim Lesen hatte sie völlig die Zeit vergessen und die Mittagspause verpasst. Wozu Jürgen doch eigentlich gut war, merkte sie jetzt erst. Immer war er darauf bedacht, dass sie genug aß, indem er sie mit zum Italiener schleppte oder zum Kaffee abholte. Wieso kam er denn nicht? Ob er beleidigt war? Aber sie hatte doch nichts gemacht. Okay, der Abend bei Klara war nicht so toll gelaufen. Und wenn sie es genau betrachtete, war er ihr genau seitdem irgendwie aus dem Weg gegangen. Aber sie würde einen Teufel tun und sich jetzt noch einmal eine Abfuhr holen. Einmal täglich reichte wirklich. Sollte er doch in seinem eigenen Saft schmoren, wenn er so albern war. Sie beugte sich wieder über den Papierstapel.

Vielleicht war es ja ganz gut, wenn sie mal eine Weile auf Pizza verzichtete. Sie wollte doch sowieso abnehmen. Kürzlich hatte sie etwas von einer App gehört, mit der das spielend gehen sollte. Sie würde nachher noch einmal deshalb recherchieren. Doch jetzt waren erst die Toten dran.

Eva fand heraus, dass die drei älteren Herren ebenfalls in eher ungewöhnlicher Position gefunden worden waren. Und die Frau hatte tatsächlich auf der Toilette gesessen, als es sie erwischte. Und sie war nicht heruntergekippt, weil man ihre Schuhe auf dem Boden festgeklebt hatte und ihre Hände an der Klobrille. Das war ja ein furchtbares Bild, was sich da in Eva zusammenbastelte. Die Männer waren einmal in einer Scheune auf einem Traktor, vor dem Fernseher auf dem Sofa und im Keller an der Werkbank aufgefunden worden. Sie waren alle tot und doch ließ sich dafür kein konkreter Grund ermitteln. Gemein hatten sie nur, dass sie auf den ersten Blick an völlig gewöhnlichen Orten, an dem man von einem natürlichen Tod ausgehen konnte, gefunden wurden, wenn man von der Frau einmal absah, die ja festgeklebt worden war. Bei ihr hatte man vergeblich nach einem Motiv und einem Täter gesucht. Aus den Unterlagen ging allerdings nicht hervor, dass man diese vier Fälle in direktem Zusammenhang untersucht hatte. Was war, wenn sie doch etwas miteinander zu tun hatten und jemand ganz gezielt nachgeholfen hatte? Eva fiel das Wort Serienmörder ein, als sie auch Heinrich Gerlach in die Gruppe der Opfer aufnahm. Und für Serienmörder war, soweit sie wusste, ihr Kollege Jan Krömer in Aurich ein ausgewiesener Spezialist. Okko Schuster von der Dienststelle in Wittmund hatte ihr erzählt, dass er sogar Profiler war. Ob sie ihn einmal aufsuchen sollte und von ihrem Verdacht berichten? So würde sie ihn wenigstens auch mal persönlich kennen lernen können. So motiviert erhob sie sich vom Sofa und nahm das Telefon vom Schreibtisch und wählte die Nummer der Auricher Dienststelle. Jan Krömer war nicht da, aber mit seiner Kollegin Lisa Berthold verabredete Eva für den nächsten Tag einen Termin in Aurich.

Danach packte sie ihre Sachen zusammen und ging in ihre Wohnung. Da gab es bestimmt noch ein paar Käsereste und Brot, das musste für diesen Abend genügen.

Immer wieder sah sie auf ihre Tür und auf ihr Handy. Doch Jürgen meldete sich nicht mehr. Es war doch zu komisch, das Zwischenmenschliche. Immer, wenn man sich zu sehr an einen Mann herangewagte, entfernte er sich nach und nach. Getrieben von diesen trüben Gedanken zappte Eva sich durch die Fernsehprogramme, wo ihr an diesem Abend nur sich glücklich anstrahlende Pärchen präsentiert wurden. Auf jedem Kanal wurde geküsst, so dass sie irgendwann *Phoenix* einschaltete und die Fernbedienung in die Ecke des Sofas pfefferte. Auf diesem Sender konnte ihr nichts passieren.

Eva meets Jan Krömer

Leicht verkatert wachte Eva am nächsten Morgen auf. Neben Käseresten hatte sie auch noch eine Flasche Rotwein gefunden und darin ihren Kummer und auch den Frust über Jürgen ertränkt. Um elf Uhr war sie mit den Kollegen in Aurich verabredet und musste sich langsam sputen. Bevor sie ihre Wohnung verließ, rief sie noch bei Okko Schuster in Wittmund an, damit er ihr eine Streife nach Bensersiel schickte, um sie nach Aurich zu fahren. Seit wann sie denn einen Dienstwagen brauche, hatte Okko gefragt. Sie hatte nur ausweichend Antwort gegeben. Als sie zum Fähranleger lief, machte sie einen großen Bogen um die Touristinfo.

»Weiße Weihnacht wird's wohl nicht«, versuchte der Beamte, der sie in Bensersiel erwartete, in ein Gespräch zu entwickeln.

»Schneeflocken machen mich nur sentimental«, erwiderte Eva knapp und setzte sich auf die Rückbank mit der Ausrede, dass sie noch etwas durchgehen müsse. Die meiste Zeit sah sie aber aus dem Fenster und grübelte.

Sie war froh, als sie endlich in Aurich ankamen.

»Soll ich so lange warten?«, fragte der Beamte kurz angebunden.

»Nicht nötig«, meinte Eva. »Da findet sich schon jemand von hier.«

Der Wagen fuhr davon und sie lief zum Eingang.

Lisa Berthold erwartete sie schon und begrüßte sie herzlich.

»Schön, dass wir uns auch mal kennen lernen. Wie gefällt es dir denn auf der Insel? Ist sicher nicht so einfach, wenn man plötzlich in der Verbannung arbeitet.« Die junge Kollegin lachte. Eva gefiel sie auf Anhieb, sie hatte eine offene herzliche Art, die nicht gespielt war.

»Ach, man gewöhnt sich dran«, sagte Eva. »Und ich kann nicht behaupten, dass man dort eine ruhige Kugel schieben kann. In nicht mal zwei Jahren jetzt schon der dritte größere Mordfall, das hätte ich nicht gedacht.«

»Gemordet wird ja überall«, meinte Lisa Berthold. »Jan müsste auch gleich hier sein. Er musste noch etwas in der Stadt erledigen. Kann ich dir etwas anbieten, Tee oder Kaffee?«

»Einen Kaffee nehme ich gerne«, antwortete Eva und setzte sich an den Besuchertisch. »Woran arbeitet ihr denn zurzeit?«

Lisa Berthold hantierte an der Kaffeemaschine herum und kam zu Eva herüber.

»Ach, das kann ich gar nicht so genau sagen. Es gibt da im Moment eine Reihe von Morden, an denen wir dran sind.«

»So viele?«

»Ja, leider. Und eine Sache beschäftigt uns da ganz besonders. Da geht es um Opfer, die in Tierfallen verenden.«

»Wirklich? Das klingt ja schrecklich.«

»Das kann man wohl sagen. Allerdings geben die Ermittlungen noch nicht so viel her, dass wir hundertprozentig von Mord ausgehen können. Denn es kommt ja immer wieder vor, dass irgendwelche Wahnsinnigen Fallen aufstellen, in denen sich dann Tiere verfangen und elendig krepieren.«

»Aber du sprachst doch von Menschen ...«

»Ja, es sind auch Menschen betroffen. Und sie könnten zufällig oder bewusst da hineingeraten sein. Wir ermitteln noch ...«

Die Tür ging auf und ein junger Mann kam herein.

»Du musst Eva sein«, sagte er zur Begrüßung und kam auf sie zu. »Jan Krömer.« Er reichte ihr die Hand und Eva war sprachlos. So gut aussehend hätte sie ihn sich nun nicht vorgestellt. Als sie seine Hand gar nicht wieder losließ, zog er sie sanft zurück.

»Meine Kollegin hast du ja schon kennen gelernt«, sagte er und zwinkerte Lisa Berthold zu. Ob da etwas zwischen den beiden lief?, fragte sich Eva. Doch sie konnte es sich nicht vorstellen. Oder doch? Oft war es ja so, dass die schönsten Männer auf völlig unscheinbare Frauen abfuhren.

Lisa Berthold schenkte für alle Kaffee ein und sie setzten sich gemeinsam an den Besuchertisch.

»Was können wir denn für dich tun«, fragte Jan Krömer und legte seine Beine auf einen weiteren leeren Stuhl. Eva fragte sich, ob sie unter diesen Vorzeichen überhaupt zu richtiger Arbeit fähig war. Dieser Mann gehörte eindeutig in die Kategorie »Finger weg, bevor man sich verbrennt«. Sie versuchte, nicht in seine dunkelblauen Augen zu starren.

»Tja, ich bin durch meinen aktuellen Fall auf Langeoog auf eine Reihe weiterer Opfer gestoßen, die vielleicht ... also, ich meine wirklich nur vielleicht, in Zusammenhang stehen.« Eva schilderte grob von ihrem Fall und den bisherigen Erkenntnissen zu den weiteren Opfern und der möglichen Verbindung.

»Klingt sehr interessant«, meinte Jan Krömer. »Du denkst an einen Serientäter, hab ich recht?«

Eva nickte und kam sich im selben Moment unheimlich albern vor. Hätte dieser Traum von Mann vor ihr, der ausgewiesener Profi bei Serienkillern war, nicht schon längst in die Richtung ermittelt, wenn es wirklich zutraf? Da brauchte er doch wirklich keine Polizistin in den Wechseljahren, die sich auf eine einsame Insel verkrochen hatte. »Es war ja nur so ein Gedanke«, sagte sie fast entschuldigend, dafür, dass sie ihm hier die Zeit stahl.

»Dann sollten wir der Sache nachgehen«, meinte er nur. »Am besten ist es, wenn du mit Lisa zusammen mal einen Abriss aller Opfer an der Wand dort drüben zusammenstellst. Okay Lisa?«

Seine Kollegin nickte. »Sicher, das machen wir. Aber was machst du?«

»Ich muss noch was erledigen«, sagte Jan Krömer und verschwand auch schon wieder durch die Tür.

»Man muss ihn nehmen, wie er ist«, sagte Lisa Berthold, als sie Evas fragenden Blick sah. »Er ist zwar etwas straight, aber man kann trotzdem sehr gut mit ihm zusammenarbeiten. Und nein, ich habe nichts mit ihm«, fügte sie mit spitzen Lippen hinzu.

»Oh, hat man mir die Frage so deutlich angesehen?«, fragte Eva und fühlte sich ertappt.

»Nicht nur das«, lachte Lisa Berthold. »Stimmt schon, er sieht klasse aus. Aber ich habe von Anfang an klargestellt, dass ich nichts mit Kollegen anfange.«

»Ist sicher auch besser«, meinte Eva und dachte an Jürgen, der jetzt alleine auf Langeoog war. Was war nur passiert, dass er sich nicht mehr gemeldet hatte? Er fehlte ihr. Und wenn das alles gar nichts mit ihr zu tun hatte, sondern etwas passiert war, über das er nicht sprechen konnte? Sie war aber auch wirklich zu egoistisch und bezog alle seine Reaktionen immer direkt auf sich. Sobald sie wieder Inselluft schnupperte, würde sie sofort zu ihm gehen, nahm sie sich vor.

»Wollen wir dann?«, fragte Lisa Berthold und holte Eva in die Gegenwart zurück.

Nach einer Stunde war die Pinnwand voller Fotos und Verbindungspfeilen in alle erdenklichen Richtungen. Und irgendwie passte plötzlich auch Heinrich Gerlach ins Bild.

»Es sieht fast so aus, als hätte es da jemand tatsächlich auf ältere Menschen abgesehen«, meinte Lisa Berthold.

»Aber woran sind sie bloß gestorben?«, fragte Eva. »Wie hat der Täter es geschafft, dass er keine Spuren hinterlassen hat?«

»Ich höre, ihr braucht meine Hilfe«, hörten sie plötzlich die Stimme von Jan Krömer wieder hinter sich.

»Aber immer«, meinte Lisa Berthold. »Eva ist da vielleicht auf einen großen Fisch gestoßen. Praktisch ein Weihnachtsgeschenk, wenn wir gleich vier unserer ungeklärten Fälle auflösen könnten.«

»Erinnere mich bloß nicht daran«, seufzte Jan Krömer. »Weihnachten ist was für Menschen, die sich gerne etwas vormachen.«

Wie wahr, dachte Eva. Ihre Chancen auf ein Fest mit Jürgen schmolzen wie Eis in der Sonne dahin.

»Du solltest nicht immer alles schlechtreden«, meinte Lisa Berthold. »Nur, weil du niemanden hast, mit dem du feiern kannst.« Sie hatte unbeabsichtigt in der Wunde herumgestochert, dass die Freundin von Jan vor drei Wochen ohne Erklärung seine Wohnung verlassen hatte, und bereute es sofort. Das musste vor einer fremden Kollegin nun wirklich nicht sein. Sie versuchte, seinen Blick einzufangen, um sich nonverbal zu entschuldigen. Doch das klappte nicht, da sich Jan Krömers Blick verfinsterte und auf die Wand heftete.

Also überall dasselbe, dachte Eva für sich.

»Ich bin da auf eine Firma gestoßen, an die Heinrich Gerlach alle drei Monate fünfhundert Euro überwiesen hat«, sagte Eva, um die unangenehme Stille zu durchbrechen. »Es geht dabei um die Firma Sternensucher AG.«

»Sternensucher«, murmelte Jan Krömer und ging noch näher an die Wand heran und sah in die faltigen Gesichter der Opfer, die teilweise traurig oder melancholisch in die Kamera geblickt hatten, als man sie ablichtete. Erst auf den anderen Bildern, auf denen sie tot waren, sahen sie auf seltsame weise zufrieden aus. Die Augen geschlossen, in sich ruhend.

»So arbeitet er immer«, sagte Lisa Berthold hinter seinem Rücken zu Eva. »Man gewöhnt sich dran.«

»Hört sich das nicht irgendwie nach Sehnsucht an?«, fragte Jan Krömer, ohne sich umzudrehen.

»Kann sein«, meinte Eva. »Sterne an sich haben ja immer etwas mit Ferne und Sehnsucht zu tun, weil wir sie nicht erreichen können.«

»Sehr gut.« Jan Krömer drehte sich zu den beiden Frauen um. »Ich sehe, wir verstehen uns. Lisa, ihr beiden solltet versuchen herauszufinden, ob auch unsere Opfer etwas mit den Sternensuchern zu tun haben.«

»Klar machen wir.«

»Dein Kollege ist schon etwas speziell«, sagte Eva, als sie mit Lisa Berthold alleine war.

»Sag ich ja. Nur wer ihn kennt, weiß, was ich hier tagein tagaus mitmache.« Sie lachte. »Quatsch, er ist ein feiner Kerl. Hat's glaub ich in der Kindheit nicht so leicht gehabt, aber er redet nicht gerne über sein Privatleben. Also frag ihn lieber nicht danach.«

»Um Gottes willen, ich kenne ihn ja kaum. Und leicht, wer hat's denn schon leicht?«, fügte sie hinzu.

»Wie steht's denn bei dir? Bist du verheiratet?«

»Nein, noch nie gewesen«, antwortete Eva. »Welcher Mann würde mir schon nach Langeoog folgen?«

»Tja ... ich bin auch Single. Komisch oder? Scheint so, als ob es niemand mit uns aushalten könnte.«

»Nun ja, unsere Themen kreisen ja meistens um Tote. Da können die wenigsten etwas mit anfangen, wenn sie schlau sind.«

»Warum hast du diesen Job denn gewählt?«, fragte Lisa Berthold interessiert.

»Ich weiß es gar nicht genau. Vielleicht habe ich zu viele Krimis gesehen.«

»Bei mir war es eindeutig die Neugier.«

»Neugier?«, fragte Eva nach. »Worauf?«

»Darauf, was Menschen antreibt, andere umzubringen«, gab Lisa Berthold unumwunden zu. »Ich habe mich schon seit frühester Jugend für Psychologie interessiert. Wollte das sogar zunächst studieren und dann eine Praxis aufmachen.«

»Und warum hast du umgeschwenkt? Soweit ich weiß, verdienen Psychologen wesentlich mehr Geld als Polizisten.«

»Ja, das stimmt. Aber mir kam der Gedanke irgendwann zu langweilige vor, mir den ganzen Tag kaputte Geschichten anzuhören.«

Eva sah sie nachdenklich an. Kaputte Geschichten? Das war schon ein sehr burschikoser Ausdruck für die quälenden Gedanken, mit denen sich Menschen plagten und Hilfe von Dritten suchten.

»Und da hast du gedacht, dass es spannender ist, die kranke Seele von Mördern zu beleuchten?«

»Auf jeden Fall. Und ich kann vielleicht noch etwas Gutes tun, wenn ich sie einsperre und somit weitere Opfer vermeide.«

»Also die reinste Heldentat«, sagte Eva lachend. »Ich glaube, ich muss meine Einstellung zum Job noch einmal überdenken, vielleicht steigt dann auch der Spaß daran.«

Die beiden setzten sich an die Rechner und nahmen sich noch einmal die ungeklärten Fälle vor, um nach einem Hinweis auf die Sternensucher AG zu fahnden. Doch sie hatten sich zu früh gefreut, es gab keinen einzigen Hinweis in die Richtung. Keines der anderen Opfer schien mit diesem Unternehmen in Verbindung gestanden zu haben.

»Das ist ja wirklich schade«, sagte Lisa Berthold, als es draußen schon dunkel wurde. Jan Krömer war noch nicht wieder aufgetaucht.

»Ja, ich hätte wirklich schwören können, dass es einen Zusammenhang geben könnte. Und letztlich sollten wir die Flinte nicht ins Korn werfen, nur weil wir keine Überweisungen gefunden haben. Es gibt heutzutage viele Möglichkeiten, Geld zu übermitteln«, meinte Eva.

»Na klar. Und die gute alte Barzahlung wollen wir mal auch nicht vergessen. Sag mal, du fährst doch sicher nicht wieder zurück. Wo bleibst du denn heute Nacht?«

»Ach, ich fahre entweder zu meiner Freundin nach Esens, bei der ich immer übernachten kann, wenn ich auf dem Festland arbeite, oder ich nehme mir hier irgendwo ein Zimmer. Es macht ja sicher Sinn, wenn ich noch ein paar Tage bleibe.«

»Dann komm doch einfach mit zu mir, ich habe eine gemütliche Klappcouch«, schlug Lisa vor.

»Das ist wirklich nett«, meinte Eva, der das Ganze im Prinzip aber zu schnell ging. Sie kannte Lisa ja noch gar nicht richtig und außerdem hatte sie gar nichts weiter mitgenommen für einen längeren Aufenthalt. »Aber ich werde doch lieber nach Esens fahren, da habe ich immer ein paar persönliche Dinge gelagert, für den Fall, dass ich mal nicht zurück auf die Insel komme.«

»Okay«, meinte Lisa, die die Absage nicht persönlich nahm. »Aber wir könnten schon noch zusammen etwas essen gehen, wenn du magst.«

Eva nickte zustimmend. Dagegen sprach ja nun wirklich nichts. Und so konnten sie auch noch weiter über den Fall reden.

Lisa Berthold rief Jan Krömer an, damit er dazu kam und Eva wählte Klara Bertschoos Nummer, um sich für später am Abend anzukündigen. Außerdem tippte sie auch noch eine SMS an Jürgen in ihr Handy. *Bin für den Gerlach Fall in Aurich. Melde mich wieder.* Bevor sie es sich anders überlegen konnte, drückte sie schnell auf Senden.

Später saßen sie dann in einem netten Lokal in der Auricher Innenstadt.

»Das könnte ein wirklicher Durchbruch sein, wenn unsere Opfer alle etwas miteinander zu tun hätten«, meinte Jan Krömer anerkennend. »Wie lange bleibst du denn noch in Aurich, Eva?«

»Ein paar Tage werde ich noch dranhängen«, antwortete sie. »Wäre ja wirklich zu schön, wenn uns das weiterhilft.«

»Nur nicht so bescheiden, liebe Kollegin. Oft ist es ja wirklich der Zufall, der uns auf die richtige Spur führt. Das dürfen wir vor denen, die uns immer für unsere Arbeit bewundern, aber nicht allzu laut verkünden.« Er lachte sie an und Eva stieg Röte ins Gesicht, die man zum Glück in der Beleuchtung nicht sah.

Immer wieder zog sie ihr Handy hervor, um zu sehen, ob Jürgen auf ihre Nachricht geantwortet hatte. Und jedes Mal war es umsonst.

»Ist etwas?«, fragte Lisa Berthold, der das nicht entgangen war.

»Ach, nichts Besonderes«, log Eva. »Wie wollen wir denn morgen weiter vorgehen?«, wich sie aus.

»Wir sollten uns auf jeden Fall mit dieser Sternensucher AG beschäftigen. Es ist doch komisch, dass sie nicht im Internet zu finden ist. Es gibt doch wohl kaum noch ein Unternehmen, das keinen Internetauftritt hat.«

»Am besten wir gehen noch einmal alle Finanzen der Opfer durch. Und wenn es nicht anders geht, dann müssen wir auch noch einmal bei denen zuhause suchen«, meinte Jan Krömer.

»Könnte aber schwierig werden, weil die Verwandten in der Regel das meiste schon entsorgt haben dürften«, gab Lisa Berthold zu bedenken.

»Stimmt, die Fälle liegen ja teilweise schon Monate zurück.« Jan Krömer hob sein Rotweinglas gegen das Licht und betrachtete die changierenden Farben. »Vielleicht sollten wir unsere Zeit doch lieber auf die Recherche nach dieser Firma konzentrieren. Wenn wir sie finden, können wir die Inhaber mit den Namen der Opfer konfrontieren und dort prüfen, ob sie auch regelmäßige Zahlungen geleistet haben.«

Nach einer weiteren Stunde fand Eva, es sei nun wirklich Zeit, nach Esens aufzubrechen, bevor ihre Freundin zu Bett gehen würde. Sie verabredeten, sich am nächsten Tag gegen neun Uhr wieder in der Auricher Dienststelle zu treffen.

Klara Bertschoo erwartete Eva bereits mit einem Schlummertrunk, als diese dort von einem Auricher Kollegen mit einem Streifenwagen abgeliefert worden war. Und aus irgendeinem Grund spürte sie, dass es taktvoller schien, nicht nach Jürgen zu fragen. Sicher sah sie auch an Evas Gesicht, wie unglücklich diese war. Solche Freunde wie Klara sind wirklich unbezahlbar, dachte Eva, als sie gegen Mitternacht auf ihr Handy sah und noch immer keine Nachricht von Jürgen eingegangen war. Sie waren nach einem leichten Abendbrot zu Bett gegangen und Eva fiel in einen unruhigen Schlaf, bei dem sie davon träumte, an einer Boje gekettet im eiskalten Meer zu treiben.

Was ist passiert?

Nach dem Frühstück hielt Eva es einfach nicht mehr aus. Keine Nachricht von Jürgen. Nicht ein Sterbenswörtchen. Also, egal, was ihm über die Leber gelaufen war. Aber das ging nun wirklich zu weit. So benahmen sich ja nicht einmal Vorschulkinder. Sie hatte sich wieder Klaras Wagen geliehen, um nach Aurich zu fahren und hielt auf halber Strecke an, um in der Touristinfo anzurufen. Der konnte wirklich was erleben, weil er ihr einen derart hässlichen Albtraum beschert hatte, bei dem sie am Ende im eiskalten Wasser ertrunken war. Es klingelte lange, bis endlich jemand ranging. Es war Anja, die völlig aufgelöst zu sein schien.

»Was soll das heißen, Jürgen ist nicht da?«, fragte Eva laut in den Hörer.

»Er ist seit gestern verschwunden«, antwortete Anja mit zitternder Stimme. »Zu Anfang dachten wir noch, er hat einfach verschlafen. Aber das ist nun wirklich nicht seine Art.«

»Er ist seit gestern weg und ihr habt es nicht für nötig gehalten, mich zu informieren?«, schrie Eva jetzt in den Hörer.

»Aber wir wussten doch nicht …« Anja begann zu weinen.

In Evas Kopf arbeitete es fieberhaft. Sollte sie jetzt auf die Insel zurückfahren? Aber in Aurich warteten doch ihre Kollegen auf sie. Was sollte sie denen sagen?

»Ich werde heute Nachmittag zurückkommen«, sagte Eva schließlich, um Anja zu beruhigen. »Es klärt sich bestimmt alles auf.«

Sie beendete das Gespräch und fuhr mit zitternden Händen weiter. Auch wenn sie Anja gut zugesprochen hatte, so konnte sie selber nicht daran glauben, dass alles ganz harmlos war, wenn Jürgen einfach so verschwand. Hätte sie doch bloß ihren blöden Stolz loswerden können und hätte ihn vorgestern noch einmal aufgesucht oder angerufen, als sie bei ihm in der Touristinfo gewesen war und er sich so merkwürdig benommen hatte. Sie ließ noch einmal die paar Minuten, die sie dort gewesen war, vor ihrem inneren Auge Revue passieren. Jürgen hatte mit einer Frau über Ausflugsziele in Ostfriesland gesprochen. Und dabei hatte er ein wirklich merkwürdiges Gesicht gemacht. Er hatte sie ja nicht einmal richtig begrüßt, sondern nur genickt. Was war, wenn das Nicken gar nicht als Begrüßung, sondern als Hinweis, dass mit der Frau etwas nicht stimmte, gemeint gewesen war? Und sie, ganz beleidigte Leberwurst, hatte natürlich nichts bemerkt und war einfach abgezogen. Verdammt, sie ärgerte sich dermaßen, dass sie wütend auf die Armatur des alten Opels schlug, der nun wirklich nichts dafür konnte.

Als Eva auf der Dienststelle in Aurich ankam, waren Lisa Berthold und Jan Krömer bereits da.

»Sorry, ist ein bisschen später geworden«, sagte Eva, als sie ihre Jacke aufhängte.

»Kein Problem«, meinte Lisa nur. »Aber bei dir scheint etwas nicht in Ordnung zu sein, oder?« Sie hatte wohl sofort Evas Gesichtsausdruck richtig interpretiert. So war das bei Psychologen.

»Ehrlich gesagt nein«, antwortete Eva. »Jürgen ist verschwunden.« Aber wie erklärte sie den beiden jetzt auch noch, wer Jürgen war. »Er leitet die Touristinfo auf Langeoog und ...«

»Du scheinst ihn wohl näher zu kennen«, meinte Lisa. »Willst du zurückfahren?«

»Nein ... das heißt nicht sofort. Aber heute Nachmittag würde ich schon ganz gerne, wenn das Okay ist.«

»Aber klar«, meinte Jan Krömer. »Wir können ja auch über die kleine Distanz hinweg zusammenarbeiten.«

Sie setzten sich an ihre Rechner und recherchierten zur Sternensucher AG. Und dann war es Lisa Berthold, die den entscheidenden Hinweis versteckt auf einer weiteren

Homepage einer Weg-ins-Glück-Seite entdeckte. Dort fand sie im Impressum einen Hinweis, wonach die Sternensucher AG ihren Sitz in Greetsiel hatte. Ausgerechnet in Ostfriesland, dachte Eva. Das konnte doch alles kein Zufall mehr sein. Irgendwie hatten die Opfer, die alle aus Ostfriesland kamen, vielleicht etwas mit dieser Firma zu tun gehabt. Doch so spannend sich das Ganze jetzt auch entwickelte, sie musste unbedingt zurück nach Langeoog und sehen, was mit Jürgen passiert war. Sie verabschiedete sich und Lisa und Jan Krömer versprachen, sich mit der Firma in Greetsiel zu beschäftigen und sie auf dem Laufenden zu halten.

So ein verdammter Mist, dachte Eva auf der Fahrt nach Bensersiel. Sie hatte Klara angerufen und ihr gesagt, dass sie den Wagen am Fähranleger parken würde, da sie davon ausging, dass sie ihn in den nächsten Tagen noch brauchen würde. Sie verschwieg aber lieber, dass sie nach Jürgen suchte. Klara würde sich nur unnötig aufregen. Irgendwie erschien ihr die kahle Winterlandschaft jetzt noch trübsinniger als sonst. Es lag kaum noch Schnee, der meiste war in Matsch verwandelt. Die Temperaturen bewegten sich um die Null-Grad-Grenze und ließen keine wohlige Weihnachtsstimmung bei den Menschen aufkommen. Eingemummt in dicke Jacken saßen sie in ihren Autos, den Blick düster auf die Fahrbahn gelenkt. Doch in Ostfriesland träumten die Leute oft von weißer Weihnacht und bekamen sie nicht. Der richtige Winter setze hier meistens erst Ende Januar ein, hatte ihr Jürgen einmal erklärt. Jürgen. Oh Gott, wäre ich nur nicht so zickig, dachte Eva, als sie ihr Gesicht auf der Fähre gegen den kalten Wind hielt, so dass ihre Augen tränten. Wollte sie sich bestrafen?

Die Fähre legte an und Eva rannte förmlich zur Touristinfo, um mit Anja zu sprechen. Diese schilderte noch einmal, was sie schon am Telefon gesagt hatte. Sie sah blass aus. Eva wollte ihr nicht noch mehr zusetzen. Sie bedankte sich bei ihr, dass sie die Stellung hielt, und bat sie, sich sofort zu melden, falls Jürgen wieder auftauchte. Danach ging sie zu ihrer Dienststelle. Das Erste, was ihr auffiel, war ein fremder Geruch. Jemand war hier gewesen. Wie erstarrt stand sie mitten im Raum und lauschte. Draußen pfiff ein Wind um die Mauern und es wurde schon wieder dunkel. Ob der Einbrecher noch da war? Und wie war er reingekommen? War die Tür abgeschlossen gewesen, als sie aufgemacht hatte? Sie konnte sich nicht erinnern. Oder doch? Ja genau, die Tür war nur zugeschlagen worden, von dem, der hier als Letztes reingekommen war. Und sie schloss immer doppelt ab, das hatte sie sich so angewöhnt. Und sie war sich ganz sicher, dass sie das vorgestern ganz genauso gemacht hatte. Sie wagte kaum, zu atmen. Der Geruch, er war noch da. Eva schlich zurück zum Eingang und machte das Licht aus. Wenn hier noch jemand war, dann war sie dadurch im Vorteil, weil sie sich hier auskannte. Dann hörte sie ein Geräusch. Ein Schaben oder Ähnliches. Es kam aus Richtung ihres Schreibtischs. Sollte sie etwas sagen? Vorsichtig näherte sie sich ihm, dabei zog sie ihre Waffe, was sie sonst eigentlich immer vermied.

»Wer ist da?«, fragte sie laut. »Kommen Sie heraus oder ich schieße.«

»Eva?«, hörte sie eine röchelnde Stimme.

»Jürgen!«, rief sie, denn sie hatte ihn sofort erkannt.

»Eva, ich bin's.«

Sie machte das Licht auf ihrem Schreibtisch an und sah Jürgen am Boden liegen. Und da war auch Blut.

»Um Gottes willen Jürgen, was ist passiert?«

In Sekundenschnelle war sie beim ihm und beugte sich herunter. Er sah furchtbar aus, doch das war ihr in diesem Moment egal. Sie packte ihn bei den Schultern und zog ihn an sich.

»He, nur nicht so stürmisch«, spielte Jürgen auch weiterhin das Opfer. Es gefiel ihm, dass sie sich solche Sorgen gemacht hatte.

»Komm, setz dich erst mal auf den Stuhl«, sagte Eva und zog ihn hoch. »Was hast du hier gemacht?«, fragte sie, als er sie ansah.

»Ich wollte dich warnen«, antwortete Jürgen mit trockenem Mund. »Kannst du mir vielleicht ein Glas Wasser holen?«

Eva lief sofort zum Kühlschrank und holte welches. »Hier, trink. Hast du denn meine SMS nicht gesehen? Wieso hast du nicht geantwortet?«

»Schon wieder ganz die Alte«, lachte Jürgen, als er das Glas wieder abgesetzt hatte. »Aber eine SMS habe ich nicht gesehen. Ich weiß gar nicht, wie lange ich hier gelegen habe.«

»Wenn du Pech hast, dann seit gestern«, murmelte Eva. »Aber sag doch endlich, was hier eigentlich los war.«

Jürgen rieb sich mit den Händen durchs Gesicht. »Jetzt erinnere ich mich. Du warst doch in die Touristinfo gekommen ...«

Eva nickte. »Aber du warst mit einer Frau beschäftigt und hast mich kaum beachtet.«

»Aber das war doch nur, weil diese Frau ... sie hat nach Heinrich Gerlach gefragt, aber das konnte ich ja wohl schlecht herausposaunen. Deshalb habe ich dir nur zugenickt, um dir ein Zeichen zu geben.«

So ein Mist, dachte Eva erneut. Hätte sie nur gleich geschaltet und nicht die Diva gespielt.

»Und dann?«, fragte sie atemlos. »Was war mit der Frau?«

»Ich weiß es nicht. Zunächst hat sie mich mit irgendwelchen Fragen nach Ausflugszielen genervt. Und irgendwann fing sie mit dem Thema Briefmarken an und das doch ein Treffen hier auf Langeoog stattgefunden habe. Und ob ich den Heinrich Gerlach gekannt hätte, den man tot am Strand gefunden hatte. Mir kam das komisch vor. Und dann kamst du herein und bist kurz darauf wie eine beleidigte Leberwurst wieder abgezischt.«

Eva biss sich auf die Unterlippe. Was konnte das alles zu bedeuten haben?

»Und warum bist du dann hier in die Dienststelle gegangen?«, fragte sie.

»Na, weil ich nichts mehr von dir gehört habe. Ich hab's aber erst am nächsten Tag geschafft, weil wir in der Touristinfo noch einen Wasserschaden entdeckt hatten. Eigentlich wollte ich noch am Abend zu dir kommen. Aber durch die Verzögerung hat's nicht geklappt. Am nächsten Morgen war ich zunächst hier, aber als du nicht da warst, bin ich zu deiner Wohnung gegangen. Aber da warst du ja auch nicht. Also habe ich's noch einmal hier probiert. Aber wieder nichts. Dann habe ich mich entschlossen, einfach hier auf dich zu warten. Ich habe ja einen Schlüssel … und als ich mir einen Kaffee ansetzen wollte, da habe ich plötzlich einen Schlag auf den Kopf bekommen, daran erinnere ich mich jetzt wieder.«

Eva war fassungslos. Da hatte sie sich ja ganz umsonst den Kopf zerbrochen, was sie falsch gemacht hatte oder was zwischen ihnen beiden mal wieder schieflief.

»Warum hast du mich nicht einfach angerufen?«, fragte sie in vorwurfsvollem Ton.

Jürgen zuckte mit den Schultern. »Weiß ich auch nicht«, sagte er entschuldigend. »Aber warum hast du mir denn eine Nachricht geschickt? Du weißt doch, dass ich nur sporadisch mal auf mein Handy gucke. Du hättest besser anrufen können.«

»Ach, egal. Ich war gestern in Aurich und wollte nur …« Sie brach ab. Wem half das ganze Geplänkel jetzt noch?

»Aurich?«

»Ja, ich bin da bei den Finanzen von Heinrich Gerlach auf etwas gestoßen. Vielleicht suchen wir einen Serienmörder.«

»Serienmörder? Auf Langeoog? Eva, ich glaube, jetzt übertreibst du aber.«

»Ach ja? Und was ist mit dir? Legst dich hier einfach in meiner Dienststelle flach, während ich mir die größten Sorgen mache.«

»Das höre ich gerne«, grinste Jürgen. »Aber ich komme schon zurecht.«

»Das sehe ich.« Jetzt lachte auch Eva. Das war befreiend für beide. Endlich wieder alles im Lot.

Nachdem Jürgen sich in seiner Wohnung frisch gemacht hatte nach dem Schrecken, beschlossen er und Eva, sich bei ihrem Lieblingsitaliener verwöhnen zu lassen. Statt doppelt gab es an diesem Abend dreifach Käse für Jürgen, weil er so lange nichts gegessen hatte. Eva berichtete ihm von der Sternensucher AG und den weiteren ungeklärten Mordfällen, die vielleicht etwas mit dem Tod von Heinrich Gerlach zu tun haben könnten.

»Da habe ich ja wirklich was verpasst«, meinte Jürgen und ließ es sich schmecken.

»Kann man wohl sagen.« Auch Eva hatte sich mal doppelt Käse bestellt zur Feier des Tages. »Morgen werde ich wohl wieder nach Aurich fahren. Und bevor du fragst, du kannst nicht mitkommen, als was soll ich dich denn den Kollegen dort vorstellen?«

Das sah Jürgen ein, auch wenn es ihm nicht gefiel. Er versprach, weiter auf Langeoog die Stellung zu halten und sich nicht wieder K.O. schlagen zu lassen.

Greetsiel und die Sternensucher

Am nächsten Morgen frühstückten Eva und Jürgen gemeinsam im Café im Strandhotel.

»Ich weiß gar nicht, ob es wirklich gut ist, wenn ich jetzt wieder nach Aurich fahre«, meinte Eva unsicher. »Schließlich bist du hier auf der Insel angegriffen worden. Das bedeutet doch wohl, dass wir hier auf etwas stoßen könnten, das uns in der Sache mit Heinrich Gerlach weiterhelfen könnte. Und diese Frau …«

»Das ist ja nicht gesagt, dass sie noch hier ist«, meinte Jürgen. »Sie kann die Insel ja schon längst wieder verlassen haben. Und wenn sie es wirklich war, die mich bewusstlos geschlagen hat in deiner Dienststelle, ist das sogar sehr wahrscheinlich.«

»Ob sie die Mörderin von Heinrich Gerlach ist?« Eva lief es eiskalt den Rücken herunter. Sie hatte sich die Frau gar nicht so genau angesehen und das tat ihr jetzt leid. Dafür lieferte Jürgen allerdings eine recht brauchbare Beschreibung, die ihr im Moment aber auch nicht weiterhalf. Ob sie noch einmal zu Wiebke nach Ditzumerhammrich fahren sollte, um sie zu fragen, ob sie diese Frau kannte?

»Weißt du was Jürgen«, sagte Eva. »Ich habe soeben beschlossen, dass du doch mit ans Festland fährst.«

»Ach ja? Aber die Kollegen ...«

»Du kommst nicht mit nach Aurich, sondern lieferst mich da nur ab. Und dann besuchst du Wiebke in Ditzumerhammrich und fragst sie nach dieser Frau.«

»Du meinst, sie könnte zur Familie gehören?«

»Was auch immer. Aber ich möchte einfach sichergehen. Und da mich Jan Krömer und Lisa Berthold erwarten, kann ich das ja nicht selber erledigen.«

Jürgen lächelte sie zufrieden an, was sie als stilles Einverständnis deutete.

Zwei Stunden später setzte Jürgen Eva vor der Dienststelle in Aurich ab. Sie vereinbarten, dass sie sich bei ihm melden würde.

»Guten Morgen«, sagte Eva, als sie zu den Auricher Kollegen ins Büro kam.

»Moin«, erwiderte Lisa Berthold. Jan Krömer sah nur von seinem PC auf und musterte sie. Jedenfalls dachte sie das zuerst, bis sie bemerkte, dass er nur durch sie hindurchsah. Komischer Kauz. Aber sein gutes Aussehen machte dieses merkwürdige Benehmen allemal wett.

»Ganz schön aufwendig, immer von der Insel herzukommen«, sagte Eva und setzte sich auf den Stuhl vor Lisa Bertholds Schreibtisch.

»Bestimmt«, meinte Lisa, »aber es ist ja auch nicht jeden Tag notwendig. Im Prinzip hätten Jan und ich auch alleine nach Greetsiel fahren können.«

»Nun bin ich ja schon mal hier«, sagte Eva, die lieber mit zu Wiebke gefahren wäre.

»Kommst du Jan?« Lisa und Eva sahen zu ihm herüber. Er hatte seine Füße auf den Schreibtisch gelegt und kaute auf einem Kugelschreiber herum.

»Fahrt ihr man alleine«, murmelte er. »Ich muss nachdenken.«

»Schon erstaunlich, dass er so schwierige Fälle löst«, sagte Eva und stieß Lisa Berthold am Arm und lachte, als sie zum Wagen liefen. »Nur mit Nachdenken hab ich jedenfalls noch niemanden gefasst.«

»Ach, lass ihn man, man kann wirklich gut mit ihm arbeiten. Und er hat eine Spürnase für Serientäter, er riecht sie förmlich.«

»Wie geht denn sowas?«

»Ach, ich weiß auch nicht.« Lisa ärgerte sich, das erwähnt zu haben. Eigentlich lag es ihr nicht, über Kollegen zu tratschen. Und sie kannte diese Eva Sturm ja kaum. Und trotzdem hatte sie wohl nichts Besseres zu tun, als ihn lächerlich zu machen. »Jan ist ein guter Kollege, wir kommen gut zurecht. Und ich kenne niemanden, der so hartnäckig an einem Fall arbeitet wie ihn.«

»Das ist doch das Wichtigste.«

»Und dir gefällt es auf der Insel?«, wechselte Lisa Berthold das Thema.

»Na ja, zu Anfang kam ich mir schon ein wenig abgeschoben vor«, antwortete Eva ehrlich. »Doch mittlerweile habe ich mich an das ganze Wasser um mich herum gewöhnt.«

»Das stelle ich mir gar nicht so einfach vor. Alleine der Gedanke, dass man immer eine Fähre braucht, um mal mehr von der Welt zu sehen.«

»Ach, eigentlich ist es mal eine ganz schöne Abwechslung von der Hektik in Großstädten. Keine Verkehrsstaus in der Rush Hour, keine überfüllten Parkhäuser und Geschäfte, sondern einfach nur Sonne, Sand und Meer. Wenn man aufwacht, hört man als Erstes das Meeresrauschen.« Zum ersten Mal ertappte Eva sich dabei, dass sie ganz verzückt an die kleine Insel dachte, die jetzt ihr Zuhause war.

»So wie du es sagst, könnte man ja glatt neidisch werden«, lachte Lisa. »Aber Aurich ist ja auch keine Großstadt, da hält man's auch ganz gut aus. Und wir haben es ja auch nicht weit zur Küste. Obwohl, so oft fahre ich da eigentlich nicht hin.«

»Allein macht das ja auch gar keinen Spaß«, meinte Eva.

Lisa Berthold nickte. Und ihr Gesichtsausdruck zeigte nicht die geringste Regung, dass es ihr leidtat.

»Ist wohl unser Schicksal das Singledasein«, fuhr Eva fort. »Den richtigen Partner zu finden bei dem Job ist wie die berühmte Stecknadel im Heuhaufen.«

»Ich glaube gar nicht einmal, dass es der Job ist. Man bekommt als Polizistin nur einen anderen Blick auf Männer, denke ich. Die meisten Verbrechen werden von Männern verübt und da fragt man sich schon ab und zu, wem man eigentlich noch trauen kann.«

»Wirklich? Darüber habe ich noch gar nicht nachgedacht. Aber du könntest recht haben. Hinter schönen Fassaden steckt manchmal der Teufel.«

Lisa Berthold lachte. »Es ist einfach ein verstärktes Misstrauen, würde ich annehmen. Und eigentlich bin ich abends auch immer müde. Wie sollte da eine Beziehung funktionieren? Womöglich auch noch, wenn der Partner erwartet, dass ich Zuhause die Hausfrau spiele. Das könnte ich nicht.«

»Du hast ja auch tagsüber schon eine äußerst angenehme männliche Begleitung, wenn ich das mal so sagen darf.«

»Jan gefällt dir also?« Lisa Berthold sah Eva neugierig an.

»Dir etwa nicht?«

»Vielleicht, aber ich fange wie schon gesagt nichts mit Kollegen an.« Lisas Blick verfinsterte sich plötzlich.

»Bin ich da in ein Fettnäpfchen getreten?«, fragte Eva entschuldigend. »Das tut mir leid. Eigentlich geht es mich ja auch gar nichts an, wir kennen uns ja kaum.« Um die Stimmung aufzulockern, stellte sie das Radio an.

»Schon okay«, sagte Lisa. »Es liegt auch nicht an Jan, aber ich bin da mal einem etwas unangenehmeren Kollegen begegnet … ich möchte aber nicht weiter darüber sprechen.«

Eva zappte die Radiosender durch und schwor sich, in Zukunft genauer zu überlegen, was sie sagte oder lieber für sich behielt.

Sie kamen in Greetsiel an und fuhren zu der Adresse der Sternensucher AG. Diese entpuppte sich als reine Briefkastenfirma in einem Mehrparteienwohnhaus. Sie klingelten mehrfach, doch es reagierte niemand. Die Wohnung im zweiten Stock war durch Lamellenvorhänge verdunkelt.

»Komisch oder?«, fragte Lisa Berthold.

»Diese Sternensucher machen mich immer neugieriger«, meinte Eva.

Sie liefen zu einem nahegelegenen Kiosk und fragten dort, ob jemand etwas über die Sternensucher AG wüsste. Der Angestellte zuckte nur mit den Schultern. Davon hatte er noch nie gehört.

»Also wenn du mich fragst, dann brauchen wir einen Durchsuchungsbeschluss.« Lisa Berthold zog bereist ihr Handy aus der Tasche. Kurz darauf sprach sie mit Jan Krömer, der ihrem Plan zustimmte.

»Dann können wir hier wohl nichts weiter ausrichten«, meinte Eva. »Sollen wir vielleicht noch irgendwo einen Kaffee trinken?«

Sie suchten sich ein nettes Lokal. Und sie hatten sogar Blick auf das Haus mit der augenscheinlichen Briefkastenfirma. Doch es tat sich weiterhin nichts.

Als sie gegen Mittag wieder in der Dienststelle Aurich ankamen, war Jan Krömer nicht da.

»Dann grüße ihn mal schön von mir«, sagte Eva zum Abschied.

»Du willst schon los?«

»Ja, meine Fähre geht bald«, log Eva, die eigentlich mit Jürgen im Carolinenhof verabredete war. Das hatte sie in dem Café in Greetsiel per SMS geklärt.

»Vielleicht sollten wir einfach mal ein Treffen mit unseren ostfriesischen Kolleginnen organisieren, was meinst du?«

Eva war überfordert mit der Idee und sah Lisa ratlos an. »Du meinst ein Kaffeekränzchen?«, fragte sie stirnrunzelnd.

»Siehst du, das meine ich. Warum ist es bei uns immer so eine langweilige Veranstaltung, nur weil wir Frauen sind? Warum können wir nicht genauso einen drauf machen mit Bier und Single Malt wie die Kerle, na?«

»Hm ... an den Genen kann es ja wohl nicht liegen.«

»Eben. Das ist alles anerzogen. Wir Mädchen sind immer die Braven.«

»Das sollten wir ändern«, murmelte Eva, die Jürgen nicht noch länger warten lassen wollte. »Mach du doch mal was und lade alle ein. Ich komme dann auf jeden Fall«, sagte sie und lief zur Tür. »Bis bald dann. Und halte mich bitte mit der Sternensucher AG auf dem Laufenden, wenn ihr da reingeht.«

»Auf jeden Fall«, versicherte Lisa Berthold.

Eva lief die paar Schritte zum Carolinenhof und dann Richtung Tiefgarage.

»Wo willst du denn so schnell hin?«, hörte sie plötzlich eine Stimme hinter sich. Ausgerechnet Jan Krömer musste sie hier noch erwischen.

»Ach, ich wollte noch schnell was einkaufen«, sagte Eva und traute sich gar nicht, ihm in die Augen zu sehen. Und dabei spielte ihr schlechtes Gewissen nicht einmal die größte Rolle. Die Augen von Jan Krömer waren wie tiefe Seen und sie wollte jetzt nicht schon wieder darin ertrinken.

»Kommst du dann noch mal zu uns in die Dienststelle?« Er stellte sich ihr praktisch in den Weg. Da er fast zwei Köpfe größer war als sie, konnte sie jetzt seinen Atem riechen, der einen Hauch Minze und Zitrone zu ihr herabströmen ließ. Welche Männer rochen so? Bisher hatte sie es eher mit abgestandenem Rauch oder Bier zu tun gehabt.

»Nein, ich muss dann auch gleich weiter«, sagte Eva und ihre Knie zitterten. Sie sah zu ihm auf. Und was sie da sah, das machte ihr Angst. Nein, Angst war ganz bestimmt nicht das richtige Wort für das, was sie jetzt empfand. In seinem Blick lag eine Trauer, die schon Jahrhunderte alt zu sein schien.

»Oh, dann möchte ich dich nicht aufhalten«, sagte Jan Krömer und machte einen langen Arm, um sie weiter zu geleiten.

»Ja, schönen Tag noch. Lisa wird mich auf dem Laufenden halten.«

Eva rannte praktisch in das große Gebäude und lehnte sich dann an eine kühle Wand. Ich benehme mich lächerlich, total lächerlich. Was soll er jetzt bloß von mir denken. Verhuschte Frau. Sie atmete flach, um sich zu beruhigen. Sie musste Jan Krömer aus ihrem Kopf kriegen.

Als sie kurz darauf zu Jürgen in den Wagen stieg, der in der Tiefgarage auf sie gewartet hatte, bekam sie wieder Boden unter den Füßen.

»Und? Was hat Wiebke gesagt?«

»Eigentlich gar nichts«, antwortete Jürgen und zuckte bedauernd die Schultern. »Sie weiß weder etwas von einer Seelenfischer AG noch von dieser Frau.«

»Sternensucher AG«, korrigierte Eva. »Aber auch egal. Ich bin mit der Kollegin aus Aurich nach Greetsiel gefahren zu dem Sitz dieser Firma. Und es hat sich herausgestellt, dass es vermutlich nur eine Briefkastenfirma ist. Da war niemand und auch sonst wirkte es nicht, als ob da wirklich jemals Betrieb wäre. Die Kollegen wollen aber noch einmal reingehen mit einem Durchsuchungsbeschluss. Sie sagen mir dann Bescheid.«

»Das klingt ja ziemlich mysteriös. Und was haben sie zu der Frau gesagt, die mich in der Touristinfo zu Heinrich Gerlach ausgefragt hat?«

»Davon habe ich nichts erzählt.«

»Aber warum das denn nicht? Willst du das etwa wieder auf eigene Faust regeln?«

»Ich weiß nicht. Ich hätte dann ja auch etwas von dir erzählen müssen.«

»Dass man mich zusammengeschlagen hat, hättest du nicht unbedingt zu erwähnen brauchen, finde ich. Aber dass sich eine Frau nach Heinrich Gerlach erkundigt hat, das sollten sie schon wissen.«

»Seit wann entscheidest du denn sowas?«, fragte Eva schnippisch. Sie hatte keine Lust auf Vorhaltungen.

»Ah, wir haben wohl wieder unsere fünf Minuten«, brummte Jürgen und schmiss den Wagen an. »Soll ich jetzt zu Klara oder zum Fähranleger fahren?«, fragte er knapp.

»Fähre«, sagte Eva und sah aus dem Seitenfenster.

Die Fremde

Wenn jemand gut darin war, sich das Leben selber schwer zu machen, dann war es Eva. Das jedenfalls hatte Jürgen gesagt, als sie am späten Abend gemeinsam in ihrer Pizzeria saßen. Trotz allem hatte er sie tatsächlich noch dazu überreden können. Vielleicht lag es daran, dass der Gedanke auf eine leere kalte Wohnung für Eva nicht gerade verlockend gewesen war. Und obendrein nagte noch so etwas wie ein schlechtes Gewissen an ihr. Jürgen für seinen Teil wünschte es ihr jedenfalls. Und er war froh, dass sie Ja gesagt hatte.

»Ich verstehe einfach nicht, was es mit dieser Frau auf sich hat«, sagte Eva und schob sich ein Stück ihrer vegetarischen Pizza in den Mund.

»Du wirst es nie erfahren, wenn du sie nicht in die Ermittlungen einbeziehst«, stellte Jürgen pragmatisch fest. »Aber ich will jetzt nicht wieder darauf herumreiten.«

»Ist auch besser so.« Eva zog ihr Handy aus der Tasche und tippte etwas ein.

»Willst du noch jemanden anrufen?«, fragte Jürgen neugierig.

»Nein nein ...« Sie tippte weiter.

»Aber was machst du denn da?«

»Ich bediene meine App.«

»Hat das mit dem Fall zu tun?«

»Nein, es geht um Kalorien.«

»Ich verstehe nur noch Bahnhof. Und deine Pizza wird auch ganz kalt.«

»Genau darum geht es ja«, sagte Eva. »Es ist eine App zum Abnehmen. Ich muss alles eingeben, was ich esse.«

»Und davon nimmt man ab?«

»Boah ... natürlich nicht. Aber ich habe eine gewisse Punktzahl, die ich am Tag sozusagen verspeisen darf.«

»Punkte? Eva, ehrlich. Du musst doch gar nicht abnehmen.«

»Wenn ich weiterhin jeden Abend mit dir Pizza essen gehe, dann werde ich irgendwann als Boje nach Bensersiel treiben können.«

»Qautsch ... und was hat es jetzt mit den Punkten auf sich.« Irgendwie war Jürgen doch neugierig geworden, schließlich schien es sich um etwas Technisches zu handeln.

»Also, alles, was man essen kann, hat eine bestimmte Punktzahl. Wenn ich zum Beispiel eine Tiefkühlpizza esse, habe ich praktisch schon mein Budget für den ganzen Tag verschlugen.«

»Ach du lieber Gott ... dann will ich lieber gar nicht wissen, auf welche Punktzahl ich kommen würde.«

»Du bist einen Meter größer als ich, bei dir verteilt sich eben alles besser.«

Jürgen wechselte das Thema, bevor ihm der Appetit verging.

»Haben sich deine Kollegen schon gemeldet wegen der Hausdurchsuchung?«

»Sie werden morgen da reingehen«, erklärte Eva. »Aber ich verspreche mir nicht sehr viel davon.«

»Nun ja, diese Seelenfischer scheinen aber doch der Dreh- und Angelpunkt des Ganzen zu sein«, wandte Jürgen ein.

»Kannst du dir wohl mal den Namen Sternensucher merken«, polterte Eva. »So schwer kann das doch wohl wirklich nicht sein.«

»Ist ja gut.« Jürgen griff nach seinem Chiantiglas.

Eva sah ihm dabei zu, wie er es an den Mund führte. Sie starrte ihn geradezu an.

»Ist was?«, fragte er irritiert und setzte das Glas wieder ab.

»Jürgen, du bist ein Schatz«, sagte Eva plötzlich, stand auf und gab ihm einen Kuss auf die Wange. »Ich muss jetzt sofort in die Dienststelle und etwas herausfinden. Kommst du mit?«

»Aber meine Pizza, ich hab sie noch nicht einmal halb aufgegessen.«

»Wir lassen einfach alles einpacken«, sagte Eva voller Elan und winkte eine Bedienung heran und gab entsprechende Anweisungen.

Mit den Kartons und einer neuen Flasche Chianti bepackt folgte Jürgen Eva zur Dienststelle. Es nieselte leicht.

»Das gibt bestimmte keine weiße Weihnacht in diesem Jahr«, meinte er. »Und in einer Woche ist es bereits soweit.«

Was interessiert mich jetzt Weihnachten, dachte Eva und antwortete nicht darauf.

Sie schloss die Tür der Dienststelle auf und machte Licht. Es roch muffig.

»Hast du etwa die Heizung ausgestellt?«, fragte Jürgen und lud alles auf dem Schreibtisch ab.

»Eigentlich nicht. Verstehe ich gar nicht«, sagte Eva. Es war klamm und sie beschloss, ihre Jacke anzubehalten. Doch auch das machte es nicht unbedingt gemütlicher.

»Weißt du was«, sagte sie. »Wir gehen jetzt einfach in meine Wohnung. Hier frieren wir uns ja die Finger ab. Und bis die Heizung hochgefahren ist, ist es Mitternacht.«

»Gute Idee«, erwiderte Jürgen und schnappte sich wieder die Kartons und die Flasche. »Du wirst die Pizzen dann aber wohl wieder aufwärmen müssen.«

Endlich hatten sie es dann geschafft und saßen auf Evas gemütlicher Couch mit allem, was sie brauchten.

»So, jetzt werde ich mal googeln«, sagte Eva und fuhr ihren Laptop hoch.

»Und wonach genau suchst du?« Jürgen hatte für beide ein Glas Chianti eingeschenkt und aß seine aufgewärmte Pizza mit doppelt Käse.

»Du hast mich da auf eine Idee gebracht«, murmelte Eva mit vollem Mund. »Dank deiner Unfähigkeit, dir etwas merken zu können übrigens.«

»Siehst du …«

»Diese Sternensucher, das könnte doch auch eine Sekte sein.« Eva gab die Begriffe Seelenheil, Sekte und Menschenfänger in die Tastatur ein. Jürgen sah ihr über die Schulter.

»Ah, durch meine Seelenfischer habe ich dich wohl darauf gebracht.«

»Ganz genau. Klingt doch auch alles irgendwie etwas ab von dieser Welt … Sternensucher genauso wie Seelenfischer.«

»Okay, aber warum bringen die sich denn gegenseitig um?«, fragte Jürgen pragmatisch. »Denn davon gehst du ja sicher als Nächstes aus.«

Eva starrte auf den Bildschirm. »Auf jeden Fall gibt es jede Menge Seiten, wo es um die Seele geht. Spirituelle Dinge ziehen die Menschen doch magisch an. Und unsere Verdächtige könnte doch zu einem dieser Vereine oder besser gesagt einer Sekte gehören.«

Jürgen nickte zustimmend. »Aber das erklärt ja immer noch nicht, warum sie die Alten umbringt.«

»Na, das ist doch wohl nur eine Rechenaufgabe, also wirklich Jürgen.«

»Du meinst, es geht ums Geld?«

»Es geht immer ums Geld.«

»Oder um die Liebe.«

»Meistens ja um beides.«

Eva scrollte sich durch einige Seiten. Es war schon erstaunlich, wie viele Scharlatane es da gab. Doch die menschliche Psyche war sicher ein lukratives Geschäft. Hierzulande gingen doch fast schon genauso viele Menschen zum Psychologen wie in den Vereinigten Staaten. Die Zeit hatte es irgendwie geschafft, die Menschen vereinsamen zu lassen, obwohl mit den vielen medialen Möglichkeiten etwas ganz anderes vorgegaukelt wurde.

»Und, findest du was?« Jürgen hatte seine Pizza auf und schob den Teller zur Seite.

»Meinen kannst du auch mitnehmen«, sagte Eva. »Meine Pizza ist mittlerweile kalt.«

Jürgen hatte verstanden und räumte ab.

Er brachte für sie beide noch einen Verdauungsschnaps mit.

»Hier ... Prost.«

Sie stießen an.

»Also«, sagte Eva und schüttelte sich. »Sekten oder sektenähnliche Verbindungen gibt es wohl wie Sand am Meer. Die Menschen scheinen sich gerne übers Ohr hauen zu lassen.«

»Das liegt wohl in der Natur der Sache«, meinte Jürgen. »Es wird ihnen da das Blaue vom Himmel versprochen. Viele sind ja auch einsam oder sonst wie in Schwierigkeiten.«

»Hast du dich schon mal mit dem Thema beschäftigt? Ich meine, du lebst ja auch alleine.« Eva sah ihn von der Seite schelmisch an.

»Ich brauche so was nicht. Ich hab den ganzen Tag Kunden um mich, da bin ich froh, wenn ich abends meine

Ruhe habe. Außerdem stehe ich mit beiden Beinen mitten im Leben.«

»Na ja ...«, machte Eva. »Es ist aber auch zu blöd, dass wir jetzt nicht in der Dienststelle sind. Ich könnte sonst das Bild unserer Verdächtigen durch den Polizeicomputer schicken.«

»Wieso hast du das denn noch nicht längst getan?«

»Weil ich in Aurich war. Aber das solltest du ja eigentlich wissen.«

»Glaubst du denn, dass sie so eine Art Anführerin einer Sekte ist?«

»Woher soll ich das wissen? Wir fangen ja gerade erst an mit der Recherche.« Sie tippte weiter Begriffe in die Suchmaschine. »Warum hast du die Frau denn nicht nach ihrem Namen gefragt?«

»Wie hätte das denn ausgesehen? Man fragt Kunden in der Regel nicht nach ihrem Ausweis«, sagte Jürgen. »Und sie hat ja auch nichts bestellt.«

»Aber sie hat sich eindeutig nach Heinrich Gerlach erkundigt, richtig?«

»Tausendprozentig. Aber sie hat es mehr so nebenbei gemacht. So, als habe sie irgendwie auf der Insel davon gehört.«

»Das war bestimmt nur Taktik.«

»Denke ich auch.«

Eva nahm ihren Chianti und las einen Bericht über Sekten durch.

»Also, eine Sekte, die Sternensucher heißt, habe ich nicht gefunden. Aber dein Versprecher mit den Seelenfischern war gar nicht schlecht. Da gibt es jede Menge Artikel und Warnungen vor Institutionen, die genau das machen. Sie sammeln Menschen, so blöd das auch klingt.«

Jürgen sagte nichts und wartete auf weitere Erläuterungen.

»Das passiert aus den verschiedensten Gründen«, fuhr Eva fort. »Zum einen, weil es um religiöse Fragen geht oder dem Sinn nach Leben. Und dann gibt es noch die soziale Komponente, wo Menschen, die alleine Leben, mit anderen, denen es ähnlich geht, zusammengeführt werden.«

»Und ich nehme an, dass diese Dienstleistungen nicht ganz billig sind, richtig?« Jürgen hatte aus Evas Küche noch ein paar Chips geholt und auf den Tisch gestellt.

»Umsonst ist ja gar nichts ... aber natürlich geben sie auf ihren Internetseiten dazu kaum Auskunft. Sie formulieren es eher schwurbelig, indem sie es mit Begriffen wie einem minimalen Einsatz mit höchstem

Ertrag für die Seele verkaufen. Ist doch klar, was damit gemeint ist.«

»Wir müssen diese Fremde finden«, sagte Jürgen und es knackte. Er hatte sich eine Handvoll Chips in den Mund gesteckt.

»Unbedingt«, stimmte Eva zu und langte auch in die Schale.

»Du Eva«, sagte Jürgen und lehnte sich zurück.

»Ja Jürgen ...«

»Nächste Woche ist Weihnachten.«

»Auch so ein Sektending ...«

»Du übertreibst. Und wir müssen über den Baumschmuck reden.«

»Müssen wir das?«

»Willst du jetzt keinen mehr?«

»Ich weiß nicht, was ich will.«

»Deswegen sollten wir ja lieber darüber sprechen. Du feierst doch noch mit mir, oder?« Jürgen trank einen Schluck Chianti und mimte den Lockeren.

»Wir hatten das ja vereinbart ...«

»Aber?«

»Nichts aber.«

»Na dann ist ja gut. Wollen wir morgen mal gucken gehen?«

»Von mir aus.«

Eva klappte den Rechner zu. Sie hatte für heute genug von Sekten und Rattenfängern, die sich an dem Elend anderer Menschen weideten. Obwohl es mollig warm in ihrem Wohnzimmer war und sie beinahe an Jürgen gekuschelt saß, wurde es ihr kalt. Sie zog eine Decke vom Sessel herüber und legte sie über ihre Beine. Sie wusste nicht, warum sie eigentlich fror, aber sie musste an die Augen von Jan Krömer denken.

Briefkastenfirmen und andere Ungereimtheiten

Eva wusste gar nicht genau, wann Jürgen eigentlich gegangen war am vergangenen Abend. Sie erinnerte sich nur an die Flasche Rotwein, die er noch aus der Küche geholt hatte. Und sie lag jetzt im Bett und hoffte, dass er wirklich weg war und nicht mehr auf dem Sofa lag. Sie hatte leichte Kopfschmerzen und keine Lust, aufzustehen. Auch wenn sie jetzt mit ihrem Verdacht zu den Sekten ein gutes Stück weitergekommen waren, so konnte sie sich nicht recht aufrappeln. Und doch lag noch einiges an Arbeit vor ihr, das ahnte sie, als ihr die Fremde wieder einfiel. Gleich würde sie in die Dienststelle gehen. Die kalte Dienststelle, fügte sie in Gedanken hinzu. Oder hatten sie gestern doch noch die Heizung angestellt, bevor sie gegangen waren? Sie hoffte es. Und sie ertappte sich dabei, dass sie sich um diesen ganzen Kleinkram sorgte, weil sie einen Gedanken verdrängte. Warum hatte sie gestern an Jan Krömer denken müssen? Und warum hatte es sie deshalb gefröstelt? Waren es diese Augen, die wie tiefe Seen zum Ertrinken einluden? Das Unergründliche, das einen nicht mehr losließ. Jürgen hatte doch auch blaue Augen, warum fror sie denn bei ihm nicht? Doch Jürgens Augen waren anders. Sie waren nicht dunkel und tiefschürfend, nein sie waren eher blau wie der Himmel an einem Sommertag. Offensichtlich komme ich langsam in ein Alter, wo mir das Schwermütige mehr liegt, dachte Eva und kratzte sich am Arm. Musste sie wirklich aufstehen? Ja, das musste sie wohl. Sie quälte sich unter der Bettdecke hervor und ging ins Bad. Und auch dort hatte sie das Gefühl, dass Jan Krömer sie durch den Spiegel hindurch beobachtete. Es wurde Zeit, dass es Weihnachten wurde und sie mit Jürgen unter dem Baum verschwand.

Nach einem schwarzen Tee und einem Knäckebrot machte Eva sich auf den Weg zur Dienststelle, nachdem sie die Daten in ihre App eingetippt hatte. Es herrschte Tauwetter und alles wirkte irgendwie schmutzig. Selbst die vielen Leuchtreklamen und Weihnachtssterne an den Läden wirkten trostlos. Oder lag es einfach nur an ihr? Ihre Stimmung sackte immer mehr in den Keller. Ihre Hände froren wegen der nasskalten Witterung und der Schal wirkte klamm an ihrem Hals. Auch die Sonne ließ sich nicht blicken und es hätte jetzt nur noch gefehlt, dass ein großes schwarzes Totenschiff über die Nordsee gekommen wäre, um sie abzuholen. Wurde sie etwa depressiv? Das hatte ihr gerade noch gefehlt. Aber es hieß ja immer wieder, dass die Menschen gerade zu den Feiertagen wegen übersteigerter Erwartungen, die in der Regel nicht erfüllt wurden, an Schwermut litten. Vielleicht war sie in bester Gesellschaft.

Sie sah, dass der Anrufbeantworter blinkte, als sie aufschloss. Es war Klara, die mitteilte, dass sie jetzt zu ihren Verwandten fahren würde und dass Eva den Wagen ruhig bis nach ihrer Rückkehr behalten sollte. Eva lächelte. Klara war eine so gute Freundin, es gab eigentlich keinen Grund, jetzt Trübsal zu blasen. Und sicher würde auch bald Jürgen vorbeischauen. Also Kopf hoch und an die Arbeit, befahl sie sich.

Als Erstes scannte sie die Skizze der Fremden ein, die nach Jürgens Beschreibung von einem Kollegen in Wittmund gefertigt worden war. Er hatte sie per Fax geschickt. Offensichtlich hielt man auf dem Festland noch an alten Traditionen fest. Danach schickte sie das Bild an den Polizeicomputer. Er arbeitete lange, spuckte aber am Ende keine Daten aus. Wie also sollten sie die Fremde finden? Es blieb ihr doch wohl nichts anderes übrig, als weiter auf der Spur nach Sekten zu bleiben. Das Ganze machte am meisten Sinn. Vielleicht brachte die Kombination Senioren und Sekten etwas. Motiviert ging Eva an ihren Schreibtisch.

Das Telefon klingelte.

»Eva Sturm hier«, sagte sie in den Hörer und tippte nebenbei schon die Suchworte bei Google ein.

»Hallo, Jan Krömer hier«, kam es vom anderen Ende.

Evas Herz machte einen Satz. Nur gut, dass er sie jetzt nicht sah.

»Oh, hallo«, stotterte sie. »So früh schon bei der Arbeit?«

»Das ist wohl eher die Ausnahme«, lachte er, aber nur mit halbem Herzen, das spürte Eva genau. Er war nicht der Typ, der in Telefone kicherte.

»Wie kann ich dir denn helfen?«

»Ach, es geht nochmal um die Durchsuchung der Sternensucher AG«, sagte Jan Krömer.

»Ihr wart schon drin?«

Sie spürte förmlich sein Nicken.

»Ich war gestern Abend noch spät dort«, antwortete er. »Ich konnte nicht schlafen.« Du musst mir nichts erklären, dachte Eva. War er etwa zu der Zeit dort gewesen, als es sie plötzlich gefröstelt hatte?

»Und?«

»Fehlanzeige. Es waren nur zwei leere Räume, wo nicht einmal ein Schreibtisch stand. An der Sache ist also was oberfaul.«

»Auf jeden Fall«, sagte Eva schnell, bevor eine peinliche Pause entstand. Sollte sie ihm auch von der

Verdächtigen erzählen? Eigentlich war sie dazu verpflichtet, jetzt wo auch Jan Krömers Dienststelle in Aurich involviert war.

»Hast du noch was auf dem Herzen, Eva?«, fragte er, als ob er Gedanken lesen könnte. Evas Hand klammerte sich um den Hörer.

»Es gibt hier noch eine Verdächtige«, sagte sie tonlos.

Er sagte nichts und atmete ihr ins Ohr. Es war gespenstisch.

»Eine Frau hat sich nach meinem Opfer hier auf Langeoog erkundigt, dem Heinrich Gerlach.«

»Und das ist verdächtig?«

»Ich denke schon, auch wenn sich das im Moment nicht so anhört. Aber ich versuche, sie zu finden. Ich könnte dir das Phantombild rüberschicken, vielleicht liegt ja bei euch was vor oder sie hatte auch etwas mit den anderen Opfern zu tun.«

»Ja, mach das.« Er legte plötzlich auf.

Was war das denn? Eva starrte auf den Hörer in ihrer Hand. Ihr war ganz heiß geworden. Sie riss ihren Schal ab, den sie noch umhatte. Vielleicht war es besser, wenn sie nie wieder etwas mit Jan Krömer zu tun hatte. Doch sie wusste auch, dass es für sie die schwerste Zeit ihres Lebens werden würde. Aber warum eigentlich?

Verwirrt von diesen kruden Gedanken konnte sie sich nicht mehr auf ihre Arbeit konzentrieren. Sie rief Jürgen an. Ein bisschen mehr Realität würde ihr bestimmt gut tun. Er freute sich, dass sie ihn zum Weihnachtsschmuckkauf einlud. Fast schämte sie sich dafür, ihn als Ablenkungsmanöver zu benutzen. Das hatte Jürgen nicht verdient. Aber vielleicht dieser Jan Krömer, dachte sie argwöhnisch.

Bis um kurz nach Mittag war Eva mit Jürgen unterwegs. Sie konnten sich nicht so recht entscheiden und schlenderten schließlich am Strand entlang. Die Sonne hatte es tatsächlich noch geschafft und stand am Himmel. Der Regen hatte aufgehört und die Luft wurde klarer.

»Eigentlich doch ein schöner Tag«, sagte Eva und sah aufs Meer hinaus.

»Ja, das muss doch auch mal sein«, meinte Jürgen, dem nicht entgangen war, dass Eva irgendwie anders war. Es war ihm aber unmöglich, dem Ganzen einen Namen zu geben. Aber letztlich war es ihm auch egal, wenn sie wenigstens mal nicht mit ihm maulte.

»Wollen wir rote Kugeln nehmen?« Eva verschlang ihre Arme ineinander.

»Klingt gut. Und dazu goldenes Lametta? Das hatte jedenfalls meine Oma früher immer.« Im selben Moment biss er sich auf die Zunge. Hoffentlich sah Eva das nicht wieder als Anspielung auf ihr Alter. Doch sie reagierte gar nicht darauf und starrte wieder aufs Wasser. Irgendwas stimmte nicht mit ihr, wenn sie nicht mal auf Beleidigungen ansprang. Ob sie sich zu sehr mit dem Thema Sekten beschäftigte?

»Die Firma war übrigens leer«, sagte Eva und drehte sich zu Jürgen um.

»In Greetsiel die Seelen... ähm Sternensucher AG?«

»Genau die. Der Kollege aus Aurich ist gestern noch dort gewesen. Da gab es nichts. Die Räume waren total leer. Komisch oder?«

»Da kommt noch ein gutes Stück Arbeit auf euch zu«, meinte Jürgen.

»Ich hoffe, es macht dir nichts aus, wenn ich dich da raushalte, ich meine in Aurich ...«

»Ne, ich versteh das schon. Ich hab hier ja auch genug mit dem Weihnachtsgeschäft zu tun.«

»Vielleicht kannst du dir auch schon mal überlegen, was wir an Heiligabend essen«, sagte Eva plötzlich gut gelaunt, als habe sich eine dunkle Wolke verzogen.

»Ich?«, rief Jürgen theatralisch aus.

»Etwa ich? Als ob ich nicht schon genug mit meiner Verbrecherjagd zu tun hätte, also wirklich. Du hast doch genug Kundinnen, denen du bestimmt ein gutes Rezept aus den Rippen leiern kannst.«

»Und wenn du Klara fragst?« Jürgen stand die blanke Panik ins Gesicht geschrieben.

»Die ist doch schon zu ihren Verwandten gefahren. Echt, ich zähle jetzt auf dich. Lass mich an Heiligabend nicht verhungern, das kommt nicht gut als Überraschung an.« Sie lachte und wandte sich zum Gehen. »Ich muss jetzt wieder in die Dienststelle.«

»Tja, dann guck ich mal, was Anja so macht ...« Jürgen wirkte geknickt.

»Willst du nicht lieber mit mir kommen und Verbrecher jagen«, sagte Eva und stupste ihn am Arm.

»Aber immer doch«, sagte er und hakte sich bei ihr ein.

Es weihnachtet sehr

Die folgenden Tage schleppten sich dahin. Evas Recherche verlief im Sande. Es gab einfach keine Hinweise darauf, wer sich hinter der Sternensucher AG verbarg. Es war zum aus der Haut fahren. Auch die Kollegen in Aurich konnten zu dem Phantombild keine Ergebnisse liefern. Wer die Fremde war, blieb ein Rätsel. Und auch bei den anderen mysteriösen Mordfällen an Senioren ließ sich weder eine Verbindung zu einer Sekte herstellen noch ließ sich nachweisen, dass sie auch an die Sternensucher AG Gelder überwiesen hatten. Alles blieb nebulös.

Der einzige Lichtblick schien zu sein, dass Jürgen sich endlich für ein Menü entschieden hatte, mit dem er Eva an Heiligabend überraschen wollte. Sie spielte mit und rätselte immer wieder herum, wenn sie mit ihm zusammensaß. Doch im Grunde war es ihr eigentlich egal, was es gab. Was konnte ein Mann wie Jürgen schon Großartiges kochen? Am Ende saß sie an so einem Tag vor einer Bockwurst mit selbstgemachtem klebrigen Kartoffelsalat, der nach nichts schmeckte. Keine schöne Vorstellung. Wenigstens hatte sie durchgeboxt, dass sie sich um die Getränke kümmern würde. So war wenigstens der Rotwein hochwertig und nicht aus dem Tetra Pack.

Irgendwie tat es ihr ja leid, dass sie so über Jürgen dachte. Wie feierte wohl Jan Krömer das Weihnachtsfest? Bestimmt nicht den üblichen Zwängen der Gesellschaft untergeordnet, dachte sie fasziniert und stellte sich vor, wie er auf dem Sofa lag und was sie sich vorstellte, was er dabei trug, oder auch nicht, trieb ihr die Hitze ins Gesicht. Sicher sah er mit seinem dunklen Blick in die Nacht, kein Licht im Haus, und kippte teuren Champagner in sich hinein, als handele es sich um Leitungswasser. Ja, genauso dekadent stellte sie es sich vor, wenn einer wie er der Gesellschaft den Rücken kehrte.

Plötzlich kam es ihr albern vor, dass sie sich Jahr für Jahr für eine Versagerin gehalten hatte, nur weil sie nie so recht wusste, wie sie sich fühlen sollte, wenn alle in diesen Weihnachtstrubel einstimmten. Warum hatte sie es denn nicht geschafft, die gesellschaftlichen Ketten abzuschütteln und Weihnachten das sein zu lassen, was es eigentlich war. Ein Fest für den Konsum. Alle gaben Unmengen an Geld aus für Sachen, die niemand brauchte. Sie saßen mit Menschen zusammen, die sie im Grunde verabscheuten. Sie aßen Dinge und davon zu viel und ärgerten sich über Völlegefühl. Und das alles tat Jan Krömer nicht. Und ausgerechnet sie fing jetzt damit an, indem sie mit Jürgen zusammenhockte. Fast wäre es komisch, wenn sie sich nicht wie eine Verräterin dabei vorgekommen wäre.

Ein Geräusch holte Eva wieder in das Hier und Jetzt zurück. Ihr Telefon auf dem Schreibtisch klingelte.

»Eva hier«, meldete sie sich.

»Hallo, hier ist Lisa.«

»Lisa?«

»Aus Aurich«, fuhr die Anruferin fort, weil sie merkte, dass Eva nicht schaltete.

»Ja, sorry, ich bin gerade in Gedanken«, sagte Eva schnell. »Klar weiß ich, wer da ist. Wie geht's dir denn?«

»Och, soweit ganz gut. Weißt du, ich rufe an, weil ich da auf etwas gestoßen bin in unserer Sache.«

»Wirklich? Das wäre ja schön, wenn ich die Sache hier endlich abschließen könnte. Die Leute haben schon ein Problem damit, dass sich hier vielleicht immer noch ein Mörder auf der Insel herumtreibt, auch wenn sie sich sehr gut mit den Weihnachtsvorbereitungen ablenken können.« Sie lachte.

»Feierst du auch?«, fragte Lisa und Eva fragte sich, ob sie das ernst meinte.

»Na ja, vielleicht ein bisschen. Ein Bekannter kommt und wir essen zusammen. Könnte man eigentlich auch an jedem anderen Tag machen, wenn du mich fragst. Was hat das denn mit Weihnachten zu tun? Ich brauche das alles nicht …« Eva redete sich in Fahrt und Lisa wechselte lieber das Thema.

»Also, zurück zum Fall«, sagte sie. »Ich habe mir nochmal alle Akten vorgeknöpft und dabei ist mir aufgefallen, dass die Opfer immer um die Zeit eines Familienfestes herum ums Leben kamen.«

Eva starrte aus dem Fenster. Was sollte ihr das jetzt sagen?

»Du meinst Weihnachten und Ostern?«, fragte sie nach.

»Ganz genau. Es muss ja nichts zu bedeuten haben, aber es könnte ein Anhaltspunkt sein.«

»Der uns was sagen soll?«

»Jan meint, dass das wichtig ist.«

Bei dem Namen aus Lisas Mund lebte Eva auf.

»Na, dann wird ja wohl was dran sein«, sagte sie schnell. »Schließlich ist er ja der Profiler. Und was sagt er noch so?« Am liebsten wäre sie durch den Hörer direkt nach Aurich gekrochen und hätte in die tiefen Seen seiner Augen direkt in seine Seele geblickt. Noch nie hatte sie sich nach einem Mann, den sie gar nicht kannte, derart verzehrt.

»Tja, der große Meister hüllt sich wieder mal in Schweigen«, seufzte Lisa Berthold. »Er gehört übrigens auch zu denen, die um die Feiertage immer ganz komisch werden.«

»Komisch? Wie meinst du das?«

»Ach, er hat's wohl nicht so mit Familie und dem ganzen Drum und Dran.«

»Ja, wer hat das schon?«, sagte Eva mehr zu sich selbst. »Was machen wir denn jetzt mit deiner Erkenntnis, ich meine der Sache mit den Familienfesten? Soll ich vielleicht nach Aurich kommen?« Irgendwie kam das bestimmt ein bisschen zu schnell.

»Ach, ich glaube nicht, dass das nötig ist«, erwiderte Lisa, die wohl nichts bemerkt hatte. »Aber ich dachte mir, als ich das entdeckt hatte, dass das auch etwas mit der Sternensucher AG zu tun haben könnte. Ich meine, dass sie vielleicht auch etwas mit Familienfesten, Reisen oder Ähnlichem zu tun haben. Deshalb habe ich mal alles in die Suchmaschine eingegeben. Und siehe da, ich bin auf noch etwas gestoßen.« Lisa schnalzte mit der Zunge vor Begeisterung.

»Sag bloß noch, dass es auch etwas mit Eheanbahnung zu tun hat.«

»Ehe? Nein, aber so ähnlich. Ich bin auf ein Bestattungsunternehmen gestoßen, das sich besonders um Familien kümmert, die ihre älteren Angehörigen verloren haben. Sie schreiben auf ihrer Seite etwas davon, dass man diese ganz besonders würdevoll verabschieden sollte und so weiter in der Art. Ist das nicht komisch?«

»Klingt wirklich merkwürdig. Und was soll das überhaupt heißen, dass sie sich besonders um diese kümmern? Eigentlich ist es doch immer schlimm, wenn jemand stirbt. Da ist man doch immer traurig und will alles ganz besonders schön machen.«

»Genau, das denke ich auch. Ich glaube nämlich eher, dass sie das Ganze nutzen, um sich zu tarnen und zu verschleiern. Denn die Sternensucher AG wird nur mit einem Nebensatz auf der Homepage des Instituts erwähnt. Fast so, als sei es ein Geheimcode, verstehst du?«

Bei Eva fiel der Groschen. »Das klingt ja unheimlich. Du denkst, Sternensucher ist ein Pseudonym für eine besondere Dienstleistung? Die es zum Beispiel nur in ebendiesem Bestattungsinstitut gibt? Womöglich noch mit Feiertagsrabatt?«

»Bingo«, rief Lisa Berthold aus. »Und Jan sieht das genauso.«

Jan. Immer wieder Jan.

»Hast du denn schon Kontakt zu dem Institut aufgenommen?«, fragte Eva, der die Knie weich geworden waren, so dass sie sich zusammenreißen musste, nicht auch noch eine belegte Stimme zu bekommen.

»Noch nicht, ich wollte dich erst informieren. Aber ich werde mich gleich auf den Weg machen und dich auf dem Laufenden halten.«

»Dann ist es auch in Ostfriesland?«

»Ganz genau ... und nun rate mal, wo?«

»Sag nicht in Greetsiel.«

»Nein, aber fast. Es ist ein unscheinbares Nachbardorf mit dem Namen Upleward. Man kann das kaum aussprechen, ich hoffe, mein Navi kennt das.«

»Ruf bitte sofort an, wenn du da warst«, sagte Eva und verabschiedete sich.

Sie wollte sich gerade an den Rechner setzen, als Jürgen hereinspaziert kam.

»Hallo Eva«, sagte er gutgelaunt. »Das Menü hat gerade den letzten Schliff bekommen, mir ist ein guter Nachtisch eingefallen, der dazu passt.«

Schokopudding, wie originell, dachte Eva, behielt es aber lieber für sich.

»Du machst mich immer neugieriger«, spielte sie stattdessen mit. »Willst du mir nicht wenigstens einen kleinen Hinweis geben?«

»Auf gar keinen Fall«, sagte Jürgen.

»Gehen wir heute Abend zum Italiener? Ich kann ja nicht bis Heiligabend hungern.«

»Oh, tut mir leid, heute Abend kann ich nicht.«

Eva sah erstaunt auf.

»Du kannst nicht? Was soll das heißen? Seit wann hast du denn etwas anderes vor?«

»Seit heute«, sagte er. »Vielleicht morgen Abend?«

»Hm ... wenn ich dann nichts anderes vorhabe gerne«, sagte sie und wandte sich wieder ihrem Rechner zu.

»Ich geh dann mal wieder«, rief Jürgen von der Tür aus und verließ die Dienststelle. Eva hatte ihn bereits wieder vergessen.

Sie tippte Upleward und Tod in die Suchmaschine und fand das Institut Berger, Bestattungen ganz nach ihrem Geschmack, wurde auf der Seite geworben. Das klang schon mal komisch, fand sie. Gerade so, als ob man es sich aussuchen könnte. Doch meistens hatten es ja die Angehörigen in der Hand, wie man unter die Erde kam. Es sei denn, dachte sie plötzlich, man kümmert sich selber darum, und zwar zu Lebzeiten. Doch wer hatte schon Lust, sich mit seinem eigenen Tod auseinanderzusetzen? Die meisten schreckten davor eher zurück. Aber nicht, wenn sie nichts sehnlicher als den Tod wünschten, fiel es Eva plötzlich wie Schuppen von den Augen. Konnte es wirklich sein, dass dieses Bestattungsunternehmen nicht nur für eine feierliche Beerdigung sorgte, sondern auch gleich den Tod mitlieferte?

Auf ihren Armen bildete sich eine Gänsehaut, die langsam bis zu ihrem Hals heraufkroch. Was war, wenn Heinrich Gerlach seinen eigenen Tod mit Hilfe dieses Instituts inszeniert hatte? Mein Gott, das wäre ja verrückt. Aber war es auch undenkbar? Sicher nicht. In einer Welt, in der alles planbar geworden war, hatte man mit organisiertem Freitod sicher auch keine Probleme mehr. Aber wie passte dann diese Fremde ins Bild? War sie vielleicht so etwas wie eine Maklerin für den Freitod gewesen? Evas Gedanken gerieten immer weiter auf Abwege. Ihr Mund wurde ganz trocken. Wäre sie doch bloß rüber zu Lisa Berthold und mit nach Upleward gefahren. Sie hatte doch die Fremde gesehen und konnte sie eindeutig identifizieren, wenn sie dort tätig war.

Sie sah auf die Uhr. Gleich war es zwei. Noch gab es die Chance, aufs Festland zu kommen. Sollte sie Jürgen anrufen? Aber nein, der war ja viel zu sehr beschäftigt, womit auch immer. Nein, diesmal würde sie die Sache alleine in die Hand nehmen, beschloss sie und zog sich ihre Jacke an.

Upleward

Es dämmerte schon wieder, als Eva über die einsamen Landstraßen in der Krummhörn fuhr. Es war kaum jemand unterwegs. Über Ostfriesland hatte sich der Schatten der Einsamkeit gelegt. Klaras alter Opel hatte kein Navi, und so hielt Eva sich an den Ausdruck aus dem Routenplaner, der natürlich nicht jedes Dorf kannte, durch das sie jetzt fuhr. Manchmal waren es gerade mal zwei Kilometer, und man kam schon wieder zum Ortsausgangsschild in Dörfern, die wie tot wirkten. Wären da nicht die hier und da beleuchteten Fenster der kleinen Häuser gewesen, die ihr den Weg zeigten, Eva hätte nicht geglaubt, noch in der Zivilisation zu sein. Es hatte ein leichtes Schneetreiben eingesetzt, das den Wischblättern zu schaffen machte. Die Gummis waren längst porös und schafften es nicht, dass Eva freie Sicht hatte. Sie fuhr immer langsamer und stand wie durch ein Wunder plötzlich vor dem Ortsschild Upleward. Also konnte das Bestattungsinstitut Berger auch nicht mehr weit sein. Nach weiteren fünfhundert Metern stand sie praktisch schon mittendrin. Alles war dunkel und sie erkannte es eigentlich nur, weil draußen die großen Grabsteine aus Marmor im fahlen Mondlicht funkelten. In den Nachbarhäusern waren bereits die Jalousien heruntergelassen, so dass sie sich unbeobachtet fühlte.

Langsam rollte sie auf den Parkplatz und schaltete den Motor aus. Was glaubte sie eigentlich, hier zu finden? Wollte sie einbrechen? Ja, wenn es nicht anders ging, dann würde sie auch das tun, dachte sie und zog ihre Jacke fester um sich. Der Schneefall hatte aufgehört und sie konnte sogar den Mond am Himmel sehen. Vollmond. Ausgerechnet. Wenn jetzt auch noch irgendwo ein Wolf heulte, dann würde sie die Beine aber in die Hand nehmen.

Sie schlich um das Gebäude herum. Natürlich war alles verschlossen. Was hatte sie denn erwartet? Sie rüttelte trotzdem an der vorderen Tür. Fast wäre ihr Herz stehengeblieben, als sie merkte, dass tatsächlich nicht abgeschlossen war. Vorsichtig schob sie die Tür einen Spaltbreit auf. Ob jemand hier war und Überstunden machte? Aber es brannte doch kein Licht. Sie hielt den Atem an und setzte den ersten Fuß hinein. Dann noch einen. Jetzt war es zu spät. Sie war drin. Sie wagte sich weiter vor. Ihre Augen hatten sich an die Dunkelheit gewöhnt und so konnte sie einen modern eingerichteten Verkaufsraum erkennen. Dicke schwarze Kreuze hingen an der Wand, mit denen man ganz bestimmt jemanden erschlagen könnte. Und dann traf es sie. Alles wurde dunkel und Eva verlor das Bewusstsein.

Jürgen in Drei-Sterne-Laune

Es tat ihm ja in der Seele weh, dass er Eva versetzt hatte. Doch es gehörte zu seinem nach seiner Meinung genialen Plan. Sie würde Augen machen, wenn sie sich an Heiligabend an den schön gedeckten Tisch setzte. Sicher hatte das noch kein anderer Mann vorher für sie gemacht. Er freute sich seit langem wie ein kleines Kind auf Heiligabend. Er sah auf die Uhr. Noch eine Viertelstunde, dann konnte er bereits die ersten Ergebnisse probieren. Zur Belohnung für seinen Fleiß entkorkte er einen teuren Rotwein. Auch den musste er ja testen, bevor er ihn Eva servieren konnte. Er kicherte vor sich hin. Dieser Test machte ihm eindeutig am meisten Spaß. Er schenkte ein und sah dem tiefdunklen Rebensaft dabei zu, wie er im Kelch in der Rotation gebrochen wurde. Sein Aroma entfaltete sich. Plötzlich musste Jürgen an Blut denken. Richtig viel Blut. Und an ein Weihnachtsfest, das er schon lange aus seinem Gedächtnis gestrichen zu haben glaubte. Er setzte das Glas an und trank es in einem Zug leer. Das tat gut. Doch seine gute Laune war dahin. Eine Klammer hatte sich um sein Herz geschlossen. Er hatte es so lange verdrängt, und jetzt war wieder alles da, als sei es erst gestern gewesen.

Die Eieruhr, die er für das Soufflee gestellt hatte, klingelte. Es war ihm egal, ob es jetzt in sich zusammenfiel. Er stellte den Ofen aus und ging mit der Weinflasche rüber in sein Wohnzimmer. Ihm war der Appetit vergangen.

Nur die Dunkelheit

Als Eva wieder zu sich kam, sah sie nichts. Alles war dunkel. War sie blind?, schoss es ihr durch den Kopf. Sie lag auf dem Rücken und erinnerte sich an einen Schlag, der sie am Kopf getroffen hatte. Sie hob ihren Arm, um sich übers Gesicht zu fahren und stieß mit dem Ellenbogen an. Wo war sie hier? Nein!, schrie es in ihr, nein! Sie atmete flach. Vorsichtig fuhr sie mit ihrer Hand in die Höhe. Nein!, schrie es wieder in ihr, lass es nicht wahr sein. Doch es war wahr. Ihre Fingerspitzen fuhren über das Unfassbare über ihr. Weicher Samt. Sie wusste, wo sie war. Sie war in einem Sarg gefangen. Jetzt nur nicht anfangen zu weinen, dachte sie. Wie lange würde es dauern, bis sie erstickte?, jagte es durch ihren Kopf. Du musst die Nerven behalten. Jürgen wird dich bald suchen. Er wird kommen und dich hier rausholen. Er will doch mit dir Weihnachten feiern. Sie atmete weiterhin flach, um ja nicht zu viel Sauerstoff zu verbrauchen. Aber woher sollte Jürgen eigentlich wissen, wo er sie suchen sollte?

Verkatert

Als Jürgen am nächsten Morgen aufwachte, brummte sein Schädel. Es war nicht bei der einen Flasche Rotwein geblieben. Der ganze Frust und Schmerz aus der Vergangenheit ließ sich nur mit Alkohol ertränken. Und es war verdammt viel, was er zu verdrängen hatte. Es wurde schon hell draußen und ihm war klar, dass er zu spät in die Touristinfo kommen würde. Doch auf Anja war Verlass. Selten hatte er so eine gute Kraft im Laden gehabt. Er stieg aus dem Bett und schlug sich im Bad kaltes Wasser ins Gesicht. Ihm war übel. Was war nur aus dem schön geplanten Abend gestern geworden? Er hatte sich alles so fein ausgedacht. Eva würde Augen machen an Heiligabend. Und das würde sie sicher auch jetzt machen, wenn sie dein Spiegelbild sehen könnte, du Idiot, dachte er für sich. Unter den Augen dicke dunkle Ringe und ein beginnender Dreitagebart. Da er einfach nicht richtig zu sich kam, stieg er auch noch unter die Dusche.

Danach ging es ihm ein bisschen besser. Er kochte sich einen Kaffee und wählte Evas Nummer. Schließlich wollten sie ja vielleicht heute Abend zusammen zu ihrem Italiener gehen. Doch Eva nahm nicht ab. Weder in ihrer Wohnung noch in der Dienststelle war sie erreichbar. Und auch ans

Handy ging sie nicht. Komisch, dachte er. Dabei war es doch schon kurz nach neun. Sicher, Eva verschlief auch hin und wieder einmal. Aber jetzt, da sie an dem neuen Fall arbeitete, ging er nicht davon aus. Er wusste nicht warum, aber in ihm kroch ein Gefühl hoch, das sich nur mit Angst beschreiben ließ. Und er erinnerte sich daran, wie er in der Dienststelle K.O. geschlagen worden war.

Schnell zog er Schuhe und Jacke an und lief nach draußen.

Bei der Dienststelle war alles dunkel. Er hatte den Schlüssel mitgenommen und stellte kurz darauf fest, dass ihr dort nichts passiert war. Ob sie doch noch zuhause war? Er lief los, er musste es jetzt wissen. Die Fenster waren dunkel. Und auch als er klingelte, wurde nicht geöffnet. Also war Eva auch nicht zuhause. Sein ungutes Gefühl wuchs zu einer rollenden Lawine heran. Das Einzige, woran er sich jetzt noch klammerte, war, dass Eva vielleicht schon in der Touristinfo auf ihn wartete. Er nahm seine Beine in die Hand.

»Eva ist nicht hier«, erwiderte Anja, als Jürgen sie atemlos fragte, als er dort angekommen war. »Wart ihr denn hier verabredet?«

Jürgen schüttelte den Kopf. Sein Kater war verflogen. In ihm jagte das Blut nur so durch den Körper. Eva musste etwas zugestoßen sein. Oder ob sie in Aurich bei den Kollegen war? Sein Atem beruhigte sich ein wenig. Ja, das wäre noch eine logische Erklärung. Und es wäre typisch, dass sie ihm nicht Bescheid gesagt hatte. Ob er da einfach mal anrief? Und ob. Er ließ Anja stehen und rannte ins Büro.

Die Nummer der Dienststelle in Aurich hatte er schnell gefunden und wartete jetzt ungeduldig, dass endlich jemand abnahm.

»Lisa Berthold, Polizei Aurich«, meldete sich eine junge Frauenstimme.

»Ja, guten Tag. Mein Name ist Jürgen ... also ich bin der Leiter der Touristinfo auf Langeoog.«

»Aha. Und was kann ich für sie tun?«

Wie sollte er das alles jetzt bloß erklären?

»Also, es geht um ... nun ja, ich wollte eigentlich Eva Sturm sprechen. Sie wissen schon, die Inselpolizistin.«

Auf der anderen Seite wurde getuschelt. Sicher glaubte diese Lisa Berthold, dass sie einen dieser Verrückten am Hörer hatte.

»Frau Sturm arbeitet auf Langeoog«, sagte sie.

»Das weiß ich doch«, blaffte Jürgen in den Hörer. »Aber sie ist nicht hier verdammt nochmal.«

»Was meinen Sie damit? Vermuten Sie etwa, dass sie hier in Aurich ist?«

Aus irgendeinem Grund legte jetzt auch die junge Polizistin Panik in die Stimme.

»Ich hoffe es jedenfalls. Aber offensichtlich nicht, oder?« Jürgen kam langsam wieder runter.

»Nein, sie ist nicht hier. Und auf Langeoog ist sie auch nicht, sagen Sie?«

»Sonst würde ich ja wohl nicht anrufen. Ich mache mir große Sorgen. Sie ist nicht in der Dienststelle, nicht in ihrer Wohnung und geht auch nirgends ans Telefon. Und ich weiß, dass sie zurzeit mit Ihnen zusammenarbeitet, deshalb rufe ich ja an.«

Es wurde wieder getuschelt.

»Jan Krömer hier«, sagte plötzlich eine Männerstimme. »Sie suchen also nach der Inselpolizistin?«

»Das habe ich doch schon gesagt. Wer sind Sie eigentlich? Warum tut denn keiner was und sucht nach Eva, anstatt hier dieses Telefonquiz zu veranstalten?«

»Ist ja gut, jetzt beruhigen Sie sich erst mal. Wann haben Sie Eva Sturm denn das letzte Mal gesehen?«

Da brauchte Jürgen nicht lange zu überlegen. »Das war gestern Nachmittag. Da war ich bei ihr in der Dienststelle und sie hat mich noch gefragt, ob wir am Abend zusammen essen gehen wollen, doch ich hatte schon was anderes vor. Das tut mir jetzt natürlich leid ...«

»Sie können ja nichts dafür«, beruhigte ihn Jan Krömer. »Aber wenn Sie sicher sind, dass sie nicht auf der Insel ist, wo sollen wir dann suchen?«

»Das weiß ich nicht. Aber ich kenne Eva, wenn die sich was in den Kopf setzt, dann zieht die das auch durch. Wer weiß, worauf sie gestern noch gestoßen ist bei ihrer Recherche zu dem Bestattungsunternehmen. Vielleicht ist sie ja dahin gefahren. Ich schaffe es so schnell nicht ans Festland, aber könnten Sie nicht vielleicht mal da vorbeischauen?«

»Sie scheinen ja wirklich im Bilde zu sein«, sagte Jan Krömer argwöhnisch. Er kannte diesen Jürgen nicht. Was war, wenn jemand ganz anderes dahinter steckte um auszukundschaften, wie weit sie mit den Ermittlungen waren?

»Ja, es stimmt, Eva und ich sind schon ziemlich gut befreundet. Und da sie ja alleine hier auf der Insel arbeitet, braucht sie ab und zu schon jemanden, mit dem sie über alles reden kann.«

Jan Krömer entschied sich schließlich dafür, dem Anrufer zu glauben.

»Okay Herr ...«

»Jürgen, nennen Sie mich einfach Jürgen, das machen alle.«

»Gut Jürgen. Ich denke, wir werden jetzt mal zu dem Bestattungsunternehmen fahren und nach dem Rechten sehen. Geben Sie mir Ihre Nummer, damit ich Sie nachher nochmal anrufen kann.« Er notierte sich, was Jürgen ihm durchgab. Dann legte er auf.

Während Jürgen sich anschließend in die Toilette übergab, stiegen Lisa Berthold und Jan Krömer in den Wagen und gaben Gas Richtung Upleward.

»Es herrschen schon andere Verhältnisse auf einer Insel«, meinte Lisa Berthold.

»Irgendwas ist woanders immer anders«, sagte Jan Krömer und sah weiter stur auf die Straße.

»Okay, deine philosophischen Betrachtungen mal beiseitegelassen finde ich es schon abenteuerlich, dass ein Mitarbeiter aus dem Touristenbüro alles über unsere Ermittlungen weiß.«

»Ach, du erzählst also deinem Vermieter nach Feierabend nicht, wo wir die Spuren unserer Serientäter verfolgen?«

»Jan, ehrlich, nun hör doch mal auf. Ich meine es ernst.«

»Ich auch. Und Frauen scheinen ja immer das Bedürfnis zu haben, alles zu zerreden.« Jetzt sah er sie von der Seite her an.

»Echt witzig. Aber ich mache mir jetzt wirklich echte Sorgen um Eva. Sie wirkte auf mich nicht wie ein Mensch, der ohne Bescheid zu sagen einfach verschwindet. Ganz im Gegensatz zu so manch anderem Zeitgenossen«, fügte sie mit spitzem Unterton hinzu.

»Man kann nicht in die Köpfe reingucken, glaub mir. Du würdest dich wundern, wie viele sogenannte normale Menschen ...«

»He, du musst da abbiegen«, rief Lisa Berthold, als Jan Krömer beinahe eine Abfahrt verpasst hätte. »Jetzt kann es nicht mehr weit sein.«

Fünf Minuten später standen sie auf dem Parkplatz des Bestattungsunternehmens Berger, das solide und irgendwie verlassen aussah. Aber um die Zeit hatten die Menschen sicher anderes zu tun, als sich Särge auszusuchen.

»Dann lass uns reingehen«, sagte Lisa Berthold und Jan Krömer folgte ihr zum Eingang.

»Hallo!«, rief sie, als die große schwarze Tür wieder hinter ihr zufiel und niemand zu sehen war. Die Empfangshalle war in angenehm dezentes Licht getaucht und überall standen duftende Blumensträuße in üppigen Vasen.

Jan Krömer ging einige Schritte und blieb bei einem Sarg aus Korbgeflecht stehen, bückte sich und schnüffelte daran.

»Was machst du da?«, fragte Lisa Berthold fassungslos.

»Ach nichts ...«

Dann kam eine Frau in schwarzem Kostüm und Highheels aus einer dunklen Ecke.

»Kann ich etwas für Sie tun?«, fragte sie mit angenehm rauchiger Stimme.

Lisa Berthold stellte sie beide vor, bevor Jan Krömer wieder alles kaputtmachte. Und zwar als trauerndes Geschwisterpaar, das gerade seine Tante verloren hätte. Nun suche man nach einem passenden Unternehmen für das Begräbnis.

»Oh, da kann ich Ihnen ganz sicher helfen und mein tiefstes Mitgefühl«, sagte die Dame mit bedauerndem Unterton.

»Das ist wirklich ein schönes Modell«, mischte sich Jan Krömer ein und zeigte auf den Sarg, an dem er gerade geschnüffelt hatte.

»Sie haben einen treffsicheren Geschmack«, lobte die Frau, die sich als Tatjana Fischer vorgestellt hatte. »Gerade den Letzten haben wir soeben verkauft. Er wird bald abgeholt.«

»Ach, das ist aber schade«, erwiderte Jan Krömer. »Und wie lange würde es dauern, bis wieder einer zu haben ist?«

»Oh, da müsste ich nachschauen ...«

»Wir können doch auch was anderes nehmen«, meinte Lisa Berthold und trat ihrem Kollegen auf den Fuß. »Guck dich doch mal um, Heiner.«

»Ja, machen Sie nur«, ermunterte Tatjana Fischer. »Unsere Ausstellungsräume finden Sie im hinteren Bereich.«

Jan Krömer trottete davon.

»Und wir könnten uns vielleicht über das Arrangement unterhalten.« Tatjana Fischer winkte Lisa Berthold an einen geschmackvollen Besuchertisch mit schweren Ledersesseln.

Während die Frauen sich unterhielten, polterte es plötzlich in den hinteren Räumen. Tatjana Fischer sah erschrocken auf.

»Er sieht sich die Dinge immer gerne ganz genau an«, sagte Lisa Berthold. »Und für Tante Emma soll es wirklich nur das Beste sein.« Sie zog ein Taschentusch hervor und wischte unter ihren Augen entlang.

Jan Krömer kam wieder zurück in die Empfangshalle.

»Und, haben Sie das passende Modell gefunden, das Ihrer Tante gefallen würde?«, fragte die Frau.

»Sie sind alle schön«, sagte er, als er Lisa Bertholds flehenden Blick sah, den er schon kannte, wenn er wieder aus der Rolle zu fallen drohte.

»Ich hätte hier einen Prospekt für Sie.« Tatjana Fischer sprang auf und lief zum Tresen. »Sie können sich ja alles in Ruhe zu Hause ansehen. Und meine Telefonnummer steht auch drauf, Sie können mich jederzeit anrufen.« Sie blitzte Jan Krömer aus dunkel funkelnden Augen an.

Er nickte.

»Kommst du, Schwesterherz?«

»Wir melden uns wieder«, sagte Lisa Berthold schnell und folgte ihrem Kollegen nach draußen.

»Was hast du da hinten gemacht?«, zischte sie, als sie wieder beim Auto standen.

»Na was wohl? Ich hab in die Särge reingeguckt«, erwiderte er trocken.

»Du glaubst, dass Eva ... oh mein Gott. Aber hier ist doch niemand. Nicht einmal ein Wagen steht hier. Sie müsste doch wohl irgendwie hierher gekommen sein. Ich werde sie jetzt nochmal anrufen.« Lisa Berthold zog ihr Handy aus der Hosentasche und wählte Evas Nummer.

Es erklang ein Lied, das sie nicht kannte.

»Das kommt von da drüben!«, rief Jan Krömer aus und zeigte auf das Kiesbeet neben dem Eingang. Er lief los und schob die Steine beiseite, bis er das Handy in der Hand hielt.

»Oh mein Gott, Eva!«, rief Lisa Berthold aus.

»Leg doch endlich mal auf«, sagte Jan Krömer unwirsch. »Oder willst du die Chefin auch noch rauslocken?«

Lisa Berthold drückte die rote Taste.

Jan Krömer führte das Handy unter seiner Nase entlang.

»Was soll das?«, fragte seine Kollegin.

»Ich weiß, wo Eva ist«, sagte er nur und rannte wieder in den Laden.

Lisa rannte ihm nach und wurde dann Zeugin, wie Jan Krömer den korbgeflochtenen Sarg auseinanderriss. Wie von Sinnen versuchte er, ihn zu öffnen. Als ginge es um Leben und Tod.

Und genau darum ging es auch. Eva war bereits vor einer halben Stunde ohnmächtig geworden und bekam von allem nichts mit. Erst, als Lisa Berthold ihr mit der Hand durchs Gesicht fuhr und auf sie einredete, kam sie langsam wieder zu sich. Und sah Jan Krömer über sich.

»Bin ich im Himmel?«, fragte Eva und blinzelte.

»Wir konnten es in letzter Sekunde verhindern«, antwortete Jan Krömer und griff unter ihre Arme, um sie aus dem Sarg herauszuziehen. Von Tatjana Fischer fehlte jede Spur.

Lisa Berthold lief in das Büro des Unternehmens und suchte nach Wasser für Eva. Diese war völlig entkräftet, weinte und versuchte zu lachen. Alles gleichzeitig. Sie war so unendlich glücklich.

»Wie habt ihr mich gefunden?«, fragte sie, als sie sich gestärkt und an den Besuchertisch gesetzt hatte.

»Es hat ein Jürgen bei uns angerufen«, begann Lisa Berthold zu erzählen.

»Jürgen?« Eva brach in Tränen aus.

»Wir sollten jetzt zurückfahren und eine Fahndung einleiten«, raunte Jan Krömer seiner Kollegin zu.

Sie gingen alle zum Wagen.

Auf der Fahrt nach Aurich informierte er bereits die Dienststelle und gab eine konkrete Beschreibung von Tatjana Fischer durch.

»Was hast du dir nur dabei gedacht?«, fragte Lisa Berthold und sah Eva, die auf dem Rücksitz saß, tadelnd an. »Es hätte nicht viel gefehlt, und wir wären zu spät gekommen.«

Eva nickte und schämte sich. »Es tut mir leid ... ich wollte es wohl wieder mal allen zeigen.« Sie schielte zu Jan Krömer, der ab und an in den Rückspiegel sah und sie teilnahmslos musterte.

»Wir müssen nach Klaras Wagen suchen«, jammerte Eva.

»Wer ist Klara? Und welcher Wagen?« Lisa sah sie fragend an.

»Ach, das ist auch egal. Sicher gibt es jetzt Wichtigeres als ein altes Auto.«

Noch mal glimpflich davon gekommen

Als die Drei bei der Dienststelle in Aurich ankamen, wartete Jürgen schon auf sie.

Eva rannte auf ihn zu und fiel ihm um den Hals. Es war ihr egal, was die beiden dachten.

»Danke«, flüsterte sie ihm immer wieder ins Ohr und konnte gar nicht aufhören zu weinen.

»Ist ja schon gut«, erwiderte Jürgen und versuchte, Eva dazu zu bewegen, von ihm abzulassen. Und dabei gefiel ihm nichts besser, als das sie ihm wie jetzt um den Hals hing. Aber doch nicht vor den Kollegen. Alles zu seiner Zeit.

»Schön Sie kennenzulernen«, sagte Lisa Berthold und reichte Jürgen die Hand. Eva beruhigte sich und so setzten sie sich gemeinsam an den Besuchertisch, während Jan Krömer die Fahndung nach Tatjana Fischer am PC verfolgte.

»Wie sah die Frau denn aus?«, fragte Jürgen.

Lisa Berthold sah zu Eva. Diese nickte. »Es ist schon in Ordnung.«

»Ja, also, eigentlich sah sie aus wie aus dem Ei gepellt. Schwarzes schickes Kostüm, gepflegt gestylte dunkle Haare und fast schwarze Augen. Sie dürfte so Mitte dreißig gewesen sein.«

»Dann ist sie es«, rief Jürgen aus. »Das ist die Frau, die bei mir in der Touristinfo war und nach Heinrich Gerlach gefragt hat.«

»Bist du sicher?«, fragte Eva. »Dann hat sie also versucht, mich umzubringen?« Sie fing an zu zittern und Jürgen griff nach ihrer Hand.

»Davon kannst du ausgehen, wenn sie dich in einen Sarg gepackt hat«, sagte er. »Wieso musst du auch immer deinen Dickkopf durchsetzen?«, fragte er mit besorgtem Unterton.

»Kommst du mal?« Jan Krömer flüsterte Lisa Berthold ins Ohr. Diese nickte und folgte ihm zu seinem Schreibtisch.

»Was ist?«

»Sag mal, was ist das denn für ein Pärchen? Ermitteln die da auf Langeoog wie Miss Marple und ihr Butler?«

»Nun lass sie doch. Immerhin hat er dazu beigetragen, dass unsere Kollegin überhaupt noch lebt. Wieso wusstest du eigentlich sofort, wo wir Eva suchen müssen?«

»Ich hab's an ihrem Geruch erkannt.«

Lisa Berthold sah ihn fragend an.

»Ich hab doch an dem Sarg gerochen ... und als ich das Handy in der Hand hatte, verströmte es den gleichen Duft. Dürfte *All about Eve* sein.«

»Man, so einen Riecher hätte ich auch gerne ... diese Tatjana Fischer ist bestimmt schon über alle Berge. Und das ist sicher auch nicht ihr richtiger Name.«

»Ganz sicher nicht«, pflichtete ihr Jan Krömer bei. »Aber auf jeden Fall wissen wir jetzt, dass sie mit ihrem Bestattungsinstitut in die Verbrechen verwickelt ist. Lass uns doch mal gucken, durch welches Unternehmen unsere anderen Opfer unter Dach und Fach gebracht worden sind.«

»Okay. Ich werde versuchen, Eva und ihren Schatten nach Hause auf die Insel zu schicken.«

»Mach das. Mir wird's hier nämlich langsam zu eng.« Er wandte sich wieder seinem Rechner zu.

»Soll ich euch zur Fähre bringen?«, fragte Lisa Berthold, als sie wieder bei Eva und Jürgen war.

»Oh mein Gott, Klaras Wagen!«, rief Eva aus, der die Tragweite darüber erst jetzt bewusst wurde.

»Den haben die Gauner bestimmt verschwinden lassen«, sagte Lisa Berthold. »Da sehe ich kaum Chancen, dass du den wiederbekommst. War er denn so wertvoll?«

»Für meine Freundin Klara ganz bestimmt. Er gehörte nämlich ihrem verstorbenen Mann, mit dem sie fast sechzig Jahre verheiratet gewesen ist. Ich weiß gar nicht, wie ich ihr das beibringen soll.« Gequält sah Eva von einem zum andern.

»Sie wird froh sein, dass du überlebt hast«, versuchte Jürgen, sie zu trösten. »Es war doch nur ein Auto …« Doch auch ihm stand die Wehmut ins Gesicht geschrieben. Was hatte er nicht alles mit Eva und diesem Oldtimer erlebt.

»Ja, wäre nett, wenn du uns nach Bensersiel fahren würdest«, sagte Eva schließlich. »Und sagt Bescheid, wenn ihr sie schnappt.«

»Es war keine gute Idee Eva, dass du uns nichts von dieser Frau erzählt hast, das weißt du hoffentlich«, tadelte Lisa und Jürgen nickte dazu.

»Ja, tut mir echt leid …«, gab Eva kleinlaut zu.

»Schwamm drüber«, sagte Lisa Berthold. »Kommt jetzt, wir haben noch eine Menge zu tun.« Sie hatte beobachtet, dass Jan Krömer anfing, sich wild durch die Haare zu fahren. Es wurde Zeit.

Erst, als Eva mit Jürgen auf der Fähre war, kam sie langsam wieder zur Ruhe. Er verkniff es sich, sie noch weiter auf ihrem wenig hilfreichen Alleingang herumzureiten. Er war ja auch froh, dass sie jetzt hier mit ihm an der Reling stand. Und er erinnerte sich mit klammheimlicher Freude an das Gefühl, das ihre Umarmung bei ihm ausgelöst hatte.

Der Todesengel

Jan Krömer und Lisa Berthold arbeiteten unter Hochdruck. Er hatte für sie beide eine Pizza bestellt, weil er davon ausging, dass sie die Nacht durcharbeiten würden.

Nach gut zwei Stunden lagen allerhand Fakten zu Tatjana Fischer auf dem Tisch. Sie war eine bekannte Trickbetrügerin, die auch unter weiteren Namen geführt wurde in ihrer Kartei. Doch mit dem Bestattungsinstitut hatte sie offensichtlich ein weiteres Geschäftsfeld für sich entdeckt. Und außerdem trat auch zutage, dass alle anderen Opfer der ungeklärten Fälle von dem gleichen Institut auf die letzte Reise geschickt worden waren. Und das vermutlich in mehrerlei Hinsicht. Denn es gab eigentlich keine Zweifel mehr daran, dass auch Tatjana Fischer tatkräftig an ihrem Ableben mitgewirkt haben musste.

»Eben ist der Durchsuchungsbeschluss reingekommen«, sagte Jan Krömer, als ihnen schon die Augen brannten.

»Die Kollegen nehmen doch schon seit Stunden Spuren auf. Willst du da wirklich jetzt noch hin?« Lisa Berthold wirkte fix und fertig.

»Du hast recht. Morgen ist auch noch ein Tag, wenn wir Glück haben.«

»Alter Pessimist.«

»Geh ruhig nach Hause, wenn du müde bist ...«

»Und du?«

»Ich schlafe nie, das weißt du doch.«

Sie wühlten sich noch bis Mitternacht durch ihre ungeklärten Fälle und so langsam setzten sich die Puzzleteilchen zusammen.

Und irgendwann ging sogar die Tür auf und ein Streifenbeamter trat ein.

»Ich hab mir gedacht, dass ihr noch hier seid«, sagte er nur und stellte einen Laptop auf den Schreibtisch.

»Aus dem Bestattungsunternehmen?«, fragten Lisa Berthold und Jan Krömer wie aus einem Mund.

Der Beamte nickte.

»Danke, du bist ein Schatz«, sagte Lisa Berthold, während Jan Krömer schon den Rechner hochfahren ließ.

Es dauerte nicht lange und er fand den entscheidenden Hinweis, der auch den letzten Zweifel beseitigte, dass Tatjana Fischer mit höchster Wahrscheinlichkeit für die Morde an mindestens sechs Menschen beteiligt gewesen war. Alle Namen ihrer Opfer in Ostfriesland und auch

Heinrich Gerlach waren in einer Liste, die in einem Ordner mit dem Namen Sternensucher abgelegt war, aufgeführt. An die zweitausend Namen standen darin, und die Menschen waren in ganz Deutschland verteilt. Bei denen, die gestorben waren, blinkte ein kleines Kreuz. Andere waren mit einem Herz oder einem Stern markiert. Was auch immer das bedeuten mochte. Und so klärte sich auch endlich das Rätsel um die Sternensucher AG und die Briefkastenfirmenadresse in Greetsiel. Alles diente zur Verschleierung. Es gab noch weitere Adressen in Kiel, Dortmund und München. Offensichtlich agierte Tatjana Fischer von Upleward aus und streute ihr Angebot in die Fläche.

»Mir ist jetzt aber immer noch nicht klar, warum diese Frau alle diese Menschen ermordet hat«, sagte Lisa Berthold und gähnte ausgiebig. Mittlerweile war es drei Uhr. Und während sie fast am Schreibtisch einschlief, wurde Jan Krömer immer munterer. Sie sah ihm dabei zu, wie er sich durch die Daten des Laptops scrollte. »Die Menschen sterben doch sowieso irgendwann und Bestattungsunternehmen haben immer was zu tun.«

»Ich glaube auch nicht, dass es dieser Frau um das Bestattungsunternehmen gegangen ist. Das ist nur Tarnung«, meinte Jan Krömer und sah sie mit undefinierbarem Blick an. »Und du hast recht, die Menschen sterben sowieso, da hätte sie nicht nachzuhelfen brauchen. Es muss ihr um etwas ganz anderes gegangen sein.«

»Aber was …?« Lisa Berthold fielen die Augen zu.

»Willst du nicht nach Hause gehen?«

»Und du? Wie lange willst du denn noch weitermachen?«

»Keine Ahnung. Ich bin nicht müde. Aber geh du ruhig, ich komm schon klar.«

Lisa Berthold rieb sich durchs Gesicht. »Okay, dann gute Nacht …« Sie schlüpfte in ihre Daunenjacke und verschwand.

Endlich, dachte Jan Krömer, als er die Tür zur Dienststelle zuschlagen hörte. Manchmal brauchte er einfach Ruhe, um denken zu können. Er schloss die Augen und rief sich noch einmal Tatjana Fischer in Erinnerung. Ja, sie war eine äußerst attraktive Frau. Sie hätte wirklich erfreulichere Jobs haben können, als ausgerechnet in einem Bestattungsunternehmen zu arbeiten. Und genau das war es, was ihm schon die ganze Zeit Kopfzerbrechen bereitete. Denn da war etwas gewesen in ihrem Blick. Nur für Sekundenbruchteile war da etwas aufgeblitzt, das er zunächst nicht zuordnen konnte. Doch plötzlich wusste er, was ihn daran irritierte. Sie war schön, elegant und vermutlich auch steinreich. Und doch war sie kein fröhlicher Mensch. Um ihre Augen hatte ein Schatten von Trauer gelegen. Trauer über den Tod und auch das Leben an sich. Und wenn er es genau betrachtete, dann war auch um ihren Mund ein Zug von Verachtung gewesen. Und sie wusste zu dem Zeitpunkt ja nicht, dass sie mit der Polizei zu tun hatte, als er und seine Kollegin mit ihr sprachen. Er war sich mehr und mehr sicher, dass diese Frau den Menschen einen Dienst erwiesen hatte, wenn sie sie umbrachte. Vielleicht hatten sie sich den Tod gewünscht. Und Tatjana Fischer hatte nachgeholfen.

Das Motiv

Jürgen hatte bei Eva auf der Couch geschlafen, damit sie sich sicher fühlen konnte. Er hörte als Erster, dass das Telefon klingelte. Schlaftrunken ging er ran.

»Jürgen hier bei Eva.«

»Guten Morgen«, sagte Lisa Berthold. »Ich hoffe, ich habe Sie nicht geweckt.«

»Kein Problem ... ich habe bei Eva auf dem Sofa geschlafen. Es war besser so, nach allem, was passiert ist.« Jürgen hatte das Gefühl, den Umstand, dass er bei Eva ans Telefon ging, erklären zu müssen.

»Das war sicher eine gute Idee. Könnte ich denn Eva vielleicht kurz sprechen?«

»Ja sicher. Ich werde sie holen. Moment bitte.«

Jürgen klopfte an Evas Schlafzimmertür. Sie war bereits wach und starrte an die Decke, als er reinkam.

»Hier ist deine Kollegin am Telefon«, sagte er und reichte ihr den Hörer.

Eva begrüßte Lisa Berthold und hörte eine Weile zu. Dabei wurden ihre Augen immer größer. »Natürlich, wir kommen«, sagte sie dann und legte auf.

»Wir müssen nach Aurich«, erklärte sie. »Man hat Tatjana Fischer geschnappt. Sie wird heute Nachmittag verhört und ich soll dabei sein. Wir müssen uns fertigmachen.«

»Soll ich wirklich mitfahren?«

»Auf jeden Fall«, sagte Eva. »Mach uns bitte einen Kaffee und hole frische Brötchen. Ich bin ausgehungert.«

»Zu Befehl«, sagte Jürgen.

In Bensersiel wurden die beiden von einem Streifenbeamten abgeholt und nach Aurich gefahren. Die Straßen waren belebt und in den Geschäften herrschte Trubel. Nur noch ein paar Tage, dann war Heiligabend. Eva beobachtete vermummte Frauen, die schwere Taschen schleppten. Dabei sahen sie gar nicht fröhlich aus. Und das, obwohl Weihnachten doch angeblich das schönste Fest des Jahres war. Sie hatte das noch nie verstanden. In ihrer Kindheit hatte es schon immer schlechte Stimmung im Haus gegeben, wenn die Feiertage bevorstanden. Am Anfang hatte sie es nicht verstanden, weil sie zu klein war. Doch mit den Jahren wurde ihr klar, dass es einen besonderen Grund gab, warum ihre Mutter im Dezember so unglücklich aussah. Irgendwann fiel ihr auf, dass ihr Vater gerade in der Adventszeit kaum noch zu Hause war an den Abenden. Und wenn er zurückkehrte, polterte er die

Treppen hinauf, während er Wörter sagte, die ihr als Mädchen verboten wurden, auch nur zu denken. Eva verkroch sich dann unter ihrer Bettdecke und hoffte, dass es, wenn sie es nicht mehr hörte, es auch gar nicht wahr sei.

Eines Tages traute sie sich schließlich, ihre Mutter zu fragen. Sie erfuhr, dass es einen kleinen Frederik gegeben hatte. Lange, bevor Eva geboren worden war. Immer wieder weinte die Mutter, wenn sie von einem Jungen mit dem schönsten Lächeln einem Engel gleich erzählte. Und dann eines Tages, als Frederik in der Badewanne gesessen hatte, hätte es an der Tür geklingelt. Die Mutter sei zur Tür geeilt, weil sie ein Paket erwartete. Ein Weihnachtsgeschenk für Frederik. Das hätte sie nicht verpassen wollen. Es waren nur fünf Minuten, die sie das Badezimmer verlassen hatte. Doch diese Minuten hatten ihr ganzes Leben zerstört. Als sie zurückkam, hatte Frederik sie mit toten leeren Augen angestarrt.

»Eva, wir sind da«, hörte sie plötzlich Jürgen neben sich. »Träumst du?«

Er sah sie an. Sie sah durch ihn hindurch.

»Weinst du?«

»Nein«, sagte sie. »Lass uns reingehen.«

Jan Krömer und Lisa Berthold hatten bereits alles für das Verhör vorbereitet. Sie berichteten Eva, was sie herausgefunden hatten. Während Eva ihnen in den Verhörraum folgte, machte Jürgen einen Spaziergang durch die Auricher Innenstadt.

Tatjana Fischer war in München verhaftet worden, als sie die letzten Vorbereitungen traf, um sich ins Ausland abzusetzen. Ungeschminkt und in legerer Kleidung war sie immer noch schön, doch kam jetzt ohne diese Maskerade ihre Persönlichkeit viel mehr zur Geltung.

»Tatjana Fischer, Ihnen wird zu Last gelegt, Heinrich Gerlach auf Langeoog ermordet zu haben«, begann Jan Krömer. »Meine Kollegin Eva Sturm hat diesen Fall untersucht.«

Die Angesprochene sah auf die drei Ermittler und zuckte nur mit den Schultern.

»Soll ich das als Zugeständnis werten?«

»Es steht Ihnen frei, das zu tun«, sagte sie schließlich. »Doch Sie irren sich, ich habe niemanden ermordet.«

»Es ist erwiesen, dass Sie sich bei dem Leiter der Touristinfo auf Langeoog nach Heinrich Gerlach erkundigt haben«, mischte sich Eva ein. »Haben Sie ihn persönlich gekannt?«

Tatjana Fischer sah auf den Holztisch, auf dem sich Kaffeeflecken befanden. »Es wäre für uns alle besser, wenn Sie kooperieren«, meinte Jan Krömer. »Die Beweislast gegen Sie ist erdrückend. Wir haben zig Namen von Verstorbenen auf Ihrem Rechner gefunden und auch den Beweis, dass Sie mit der Briefkastenfirma der Sternensucher AG in Verbindung stehen.«

»Es ist mir egal, was sie gefunden haben«, sagte Tatjana Fischer und atmete schwer aus. »Sie werden doch nie verstehen, worum es eigentlich geht.«

»Dann helfen Sie uns doch«, forderte Lisa Berthold auf. »Wir sind wirklich sehr daran interessiert, Ihre niederen Beweggründe nachvollziehen zu können.«

»Kann ich einen Kaffee haben?«, fragte die Beschuldigte. »Und ich würde gerne rauchen. Dann werde ich Ihnen alles erzählen.«

Jan Krömer verschwand kurz und kam mit einem Tablett zurück. Sie sahen Tatjana Fischer dabei zu, wie sie mit lasziven Bewegungen eine Zigarette aus der Schachtel fingerte und die anzündete. Ihr schön geformter Mund blies den Rauch aus und ihre dunklen Augen raubten Jan Krömer den Atem.

»Die Opfer, wie Sie sie nennen, waren arme Seelen«, fing Tatjana Fischer schließlich an zu erzählen. Sie sprach, als seien die anderen gar nicht mehr im Raum. »Sie alle wollten sterben, doch man hat sie nicht gelassen.«

»Sie meinen, Heinrich Gerlach ist zu Ihnen gekommen und hat darum gebeten, dass Sie ihn ermorden?«, fragte Jan Krömer mit sarkastischem Unterton.

Tatjana Fischer nickte. »In Ihrer Sprache würde man sicher von Mord sprechen. Ich mache Ihnen daraus auch keinen Vorwurf. Doch Heinrich Gerlach wollte etwas ganz anderes. Er wollte erlöst werden von unendlichem Kummer, den er nicht mehr ertrug. Er wollte diese Welt verlassen, um wieder mit seiner Frau zusammen zu sein.«

»Sie können sich hier jetzt nicht mit Sterbehilfe herausreden«, entfuhr es Eva. »Heinrich Gerlach war nicht todkrank. Er war nur traurig. Sie können nicht alle Menschen umbringen, nur weil sie traurig sind.« Sie musste wieder an ihre Mutter und die Weihnachtsfeste aus ihrer Kindheit denken. Es war ein schauderhafter Gedanke, sich vorzustellen, ihre Mutter hätte jemals Tatjana Fischer getroffen.

»Ich denke, es sollte jedem Menschen freigestellt werden, wann er diese Erde verlässt. Man kann die Menschen doch nicht zum Leben zwingen«, sagte Tatjana Fischer und zündete sich eine weitere Zigarette an.

»Sie machen es sich aber verdammt leicht«, sagte Eva kalt. »Jeder Mensch kann wieder Lebensmut finden. Dafür gibt es andere Hilfen und Wege. Seien Sie doch einfach so ehrlich und geben zu, dass es Ihnen nur ums Geld ging. Denn alle, die bei der Sternensucher AG registriert waren, haben sicher einen Haufen Geld auf Ihr Konto überwiesen, richtig?«

Tatjana Fischer lachte bitter auf. »Ich habe niemanden gezwungen, zu den Sternensuchern zu kommen. Die Menschen kamen scharenweise zu mir, weil ich die Einzige war, die sie verstanden hat. Nein, lassen Sie es mich so formulieren, ich habe diese Menschen ernst genommen mit ihren Sorgen. Und sie alle wollten einen würdevollen Tod, den ich ihnen geben konnte.«

»Sie finden es also würdevoll, wie Heinrich Gerlach gefesselt in der Kälte tot am Strand gesessen hat?«, entrüstete sich Eva.

»Sie haben es immer noch nicht verstanden ... es geht nicht darum, was ich für würdevoll halte. Er hat es sich selber so ausgesucht. Es war sein Wunsch, die Menschen so zu verlassen. Und die Fesseln waren ein Symbol für die Schmerzen, die ihn hier auf der Erde umklammerten. Als seine Seele in den Himmel aufgestiegen ist, war er endlich frei.«

Jan Krömer hatte sich nach hinten gelehnt und überließ Eva das Verhör. Fasziniert starrte er auf den Todesengel, wie er sie insgeheim getauft hatte. Und war es wirklich alles so falsch, was sie da sagte? Müsste es nicht wirklich für jeden Menschen auch die Möglichkeit geben, die Erde zu verlassen, wenn er keine Lust mehr hatte? Wer hatte das Recht, einen zum Leben zu zwingen? All diese Apparate, die Körper am Leben hielten, wenn sie vielleicht schon seelenlos waren. Entwürdigend war sicher das richtige Wort dafür. Und Tatjana Fischer war noch einen Schritt weiter gegangen. Sie hatte die Menschen auf ihrem Weg in den Freitod die Arbeit abgenommen. Eine makabre Geschäftsidee.

»Wie haben Sie Heinrich Gerlach getötet?«, fragte Eva. Gerichtsmediziner Ole Meemken hatte ja keine Hinweise gefunden, woran das Opfer gestorben war.

»Ich denke, der Respekt vor der Würde Heinrich Gerlachs verbietet es mir, Ihnen weitere Details zu schildern«, sagte Tatjana Fischer. »Aber bevor Sie jetzt wieder anfangen ... es gibt Substanzen, die Menschen innerhalb kürzester Zeit einschlafen lassen. So können sie leicht und unbeschwert in die andere Welt hinübergleiten. Am liebsten mögen es die Menschen, sie mit

Bitterschokolade zu sich zu nehmen. Dieser leicht bittertraurige Geschmack hilft ihnen, loszulassen.«

»Wir haben aber keine Substanzen gefunden ...«

»Das war auch nicht möglich. Denn diese sind nach kurzer Zeit nicht mehr nachweisbar. Einfach nicht mehr da. Genau wie der Mensch Heinrich Gerlach hier auf dieser Erde.«

Eva spürte, dass es keinen Sinn mehr machte, sich weiter mit dieser Frau zu unterhalten, die tatsächlich glaubte, dass sie Menschen einen Gefallen tat. Und dabei war es nichts anderes als Mord. Sie stand auf.

»Ich habe jetzt wirklich genug von diesem Schwachsinn gehört«, sagte sie und verließ den Verhörraum.

Später berichteten ihr Jan Krömer und Lisa Berthold, dass die Sternensucher AG auf dem Weg zu einem weltweiten Imperium gewesen war. Immer mehr Menschen gerieten auf dunklen Umwegen an Tatjana Fischer, die sich ein deutschlandweites Netzwerk mit Helfern aufgebaut hatte. Sie alle waren Mörder. Doch es dürfte unmöglich sein, sie alle zu fassen. Längst hatten sie sicher das Land verlassen, waren in alle Himmelsrichtungen verstreut. Eva fragte sich, ob sie jemals wieder dieses Gefühl loswerden könnte, dass hinter jedem Tod mehr Geheimnisse steckten, als sie mit ihrer Vorstellungskraft erfassen konnte. Und auch wenn sie Tatjana Fischer jetzt einsperrten, wären ihre Helfer noch frei.

Es weihnachtet sehr

Eva lag in ihrem Bett und starrte an die Decke. Morgen war Heiligabend und Jürgen benahm sich wie ein kleines Kind. Immer wieder rief er bei ihr an und fragte nach Dingen, die ihr eigentlich völlig gleichgültig waren. Bestimmte Weihnachtslieder, die sie mochte. Ob sie lieber Vollmilch oder Bitterschokolade aß. Da sie ihn in seinem Eifer nicht enttäuschen wollte, beantwortete sie alle Fragen brav und wahrheitsgemäß. Sie hatte ihm versprechen müssen, heute die Dienststelle nicht mehr zu betreten. Denn er würde dort den Baum schmücken und die letzten Vorbereitungen für ihr erstes gemeinsames Weihnachtsfest treffen.

Hätte sie Jürgen nicht gehabt, Eva hätte sich die Bettdecke einfach über den Kopf gezogen und wäre erst am 27. Dezember wieder aufgestanden. Die Schwere aus ihrer Kinderzeit, die dieses Fest begleitete, legte sich wieder auf ihr nieder. Sie hatte ihren toten Bruder nie kennen gelernt. Und doch fühlte sie, dass er sie beobachtete. Von irgendwo, wo es schöner war als hier. Vielleicht hatte sein Schicksal auch Einfluss darauf gehabt, dass sie sich anfangs so gesträubt hatte, nach Langeoog zu gehen. Wasser war noch nie ein Element gewesen, in dem sie sich wohlfühlte. Nie wieder war sie in eine Badewanne gestiegen, nachdem ihre Mutter ihr alles erzählt hatte.

Das Telefon klingelte schon wieder. Jürgen, also wirklich, dachte sie.

Doch es war nicht Jürgen, als sie abnahm.

»Jan?«

»Hallo Eva«, kam es vom anderen Ende. »Ich wollte nur sagen, dass ich die Zusammenarbeit mit dir sehr angenehm fand.«

Warum machte er das? Wieso rief er sie einen Tag vor Heiligabend an?

»Ja, geht mir auch so«, sagte sie tonlos. »Bist du gar nicht im Weihnachtsstress«, versuchte sie mit einem Lächeln in der Stimme zu fragen.

»Ich mag Familienfeste nicht sonderlich«, erwiderte er. »Und du?«

»Es ist für mich immer die schlimmste Zeit«, sagte sie. Sie musste zu ihm einfach ehrlich sein.

»Hab ich mir gedacht ...« Dann legte er auf.

Was war das denn? Eva starrte ihr Telefon an. Dieser Jan Krömer rüttelte etwas in ihr auf. Ob sie vielleicht sogar auch wegen ihm in der Vergangenheit herumkramte und nicht mehr aus dem Bett fand? Er zog sie magisch an und doch war er ihr unheimlich. Eine gefährliche Kombination.

Währenddessen ging in der Dienststelle alles Drunter und Drüber. Der große Baum, den Jürgen jetzt mit zwei Tauen an der Heizung befestigt hatte, war schon dreimal umgefallen. Doch jetzt hatte er endlich verspielt und konnte geschmückt werden. Rote Kugeln und goldenes Lametta. Genauso hatte es seine Oma immer gemacht. Und doch wäre es besser gewesen, sie hätten Blau und Silber genommen, dachte er jetzt, als er das Ergebnis sah. Wie in seiner Kindheit. Warum konnte man solche Erinnerungen nicht einfach mal abstreifen? Ganz etwas anderes anfangen. War es denn ein Wunder, wenn ihn die Geister der Vergangenheit über dreißig Jahre verfolgten, wenn er wie in einer Zeitschleife immer wieder das gleiche Weihnachtsfest durchspielte? Würde er das Ganze hier nicht Eva zuliebe machen, dann würde er sich jetzt einfach drei Tage lang in seiner Wohnung betrinken.

Stille Nacht ...

»Oh mein Gott«, stieß Eva aus, als sie an Heiligabend pünktlich um achtzehn Uhr die Dienststelle betrat.

»Du kannst mich ruhig weiter Jürgen nennen«, lachte er.

»So einen großen Weihnachtsbaum hatte ich noch nie«, sagte sie. »Hattest du nicht von roten Kugeln und goldenem Lametta gesprochen?«

»Das sollte eine Überraschung sein«, sagte Jürgen. »Ich finde Blau und Silber auch schick, du nicht?« Er hatte gestern noch in Windeseile alles umgeschmückt, weil er das Rot und Gold einfach nicht mehr ertragen konnte.

»Doch unbedingt ... sehr schön.« Eva lief um den Baum herum, an dem die Flammen der Kerzen sich in den Kugeln widerspiegelten. Sie wunderte sich, dass es gar nichts zu essen gab. »Ich habe einen Bärenhunger, ich hoffe, du enttäuschst mich jetzt nicht und lädst mich zu einer Pizza ein.«

»Keine Sorge, die Dame.« Jürgen hielt ihr seinen Arm hin. »Bitte folgen Sie mir.«

Eva spielte mit. Und so saß sie kurz darauf an einem festlich gedeckten Tisch in Jürgens Wohnung.

»Danke«, sagte sie immer wieder. »Du hast dir so viel Mühe gegeben, ich weiß gar nicht, ob ich das überhaupt verdient habe.«

»Wahrscheinlich nicht«, sagte er und kam mit zwei Gläsern Champagner aus der Küche wieder ins Wohnzimmer und reichte ihr eines. »Auf ein schönes Weihnachtsfest.«

»Auf den Koch«, sagte Eva und sie stießen an.

»Du solltest den Koch nicht vor dem Verdauungstrakt loben.«

»Du bist eklig.«

»Aber ich bring dich immer wieder zum Lachen damit.«

»Das stimmt«, sagte Eva und spürte das leichte Prickeln auf ihrer Zunge.

Dann holte Jürgen den ersten Gang.

Es gab ein Carpaccio von Steinpilzen als Vorspeise, grünen Spargel an einer hellen Sauce als Zwischengang und Lachs auf einem Gemüsebett mit Petersilienkartoffeln als Hauptgang.

»Du willst mir doch wohl nicht weismachen, dass du das alles selber gekocht hast, oder?«, fragte Eva und sah ihn schelmisch an. Noch nie hatte sie so gut und abwechslungsreich gegessen.

Jürgen spielte den Gekränkten. »Da macht man sich so viel Mühe und wird des Betruges verdächtigt. Man sollte sich wirklich nicht mit einer Polizistin einlassen.«

»Aber wieso isst du dann immer nur Pizza, wenn du so ein perfekter Koch bist?«

»So perfekt bin ich nun auch wieder nicht. Rate mal, warum ich in der letzten Zeit abends oft abgesagt habe ...«

»Du hast gekocht?«

»Genau. Alles, was du heute Abend serviert bekommst, habe ich mindestens schon dreimal gegessen.« Er lachte sie herzlich an. »Probekochen nennt man das wohl. Ich hab noch nie so viel gegessen wie in den letzten zwei Wochen.«

Er schenkte ihr einen dunklen Rotwein ein und holte den Nachtisch. Einen Auflauf von Zartbitterschokoloade mit Portwein. Für einen Moment verdunkelte sich Evas Gesicht. »Darin könnte jetzt die tödliche Substanz sein«, sagte sie versonnen. »Heinrich Gerlach ... er könnte jetzt noch leben und mit seiner Enkelin feiern, wenn er dieser böswilligen Frau nicht begegnet wäre.«

»Ja, das stimmt. Sie hatte kein Recht, ihn zu ermorden.«

»Dann siehst du es auch so wie ich, dass es Mord war, auch wenn Heinrich Gerlach vielleicht wirklich sterben wolte?«

»Aber natürlich«, sagte Jürgen. »Wer hat denn nicht mal das Gefühl, dass alles sinnlos ist. Aber man kommt immer wieder auf die Beine ...«

Eva sah ihn nachdenklich an. Was war mit Jürgen? Wusste sie eigentlich, wie schlecht es ihm manchmal ging? Was beschäftigte ihn? Worüber war er traurig, wenn er alleine in seiner Wohnung war? Und doch machte er meistens Scherze, wenn sie sich sahen. Aber war das wirklich sein wahres Gesicht? Meistens spielten die Menschen einander doch etwas vor. Jedenfalls war das ihre Erfahrung.

»Eva, darf ich dir etwas sagen?«,

Oh nein, bloß das nicht, brüllte es in ihr. Sie nickte und prostete ihm zu.

»Das ist das schönste Weihnachtsfest, das ich seit langem erlebt habe«, sagte er und machte ein ernstes Gesicht.

»Geht mir auch so«, erwiderte sie. In seinen Augen las sie bittere Erfahrung. Oder war das der Spiegel ihrer selbst? Sie spürte, dass er nicht darüber würde reden wollen. Genauso wenig wie sie.

»Aber wenn du mich jedes Jahr so verwöhnst, dann könnte ich das zu meinem festen Programm erklären«, versuchte sie zu scherzen.

»Mal sehen, was die Küche noch so hergibt«, sagte er und stand auf.

Da ist etwas, was ihn belastet, dachte Eva, als sie alleine war. Aber war das nicht bei jedem so? Die meisten Verletzungen gab es in der Kindheit. Und tiefe Schnitte begleiteten einen ein Leben lang.

»Als ganz besonderen Abschluss habe ich mich mal an einer Crème Brulée versucht.« Er stellte ein kleines Porzellangefäß vor ihr auf den Tisch. »Du glaubst gar nicht, wie oft die mir zusammengefallen ist, als ich geübt habe.«

»Sieht richtig gut aus«, lobte Eva. Eigentlich war sie schon längst mehr als satt, doch das hier vor ihr war einfach zu verführerisch. »Hm ... himmlisch«, entfuhr es ihr, als sie den ersten Löffel gekostet hatte. »Du bist wirklich ein Küchenkünstler.«

Jürgen sah ihr zu und fühlte sich wie ein kleiner Junge. Auch seine Mutter hatte die Crème Brulée geliebt.

Zum Abschluss gab es noch einen weichen Grappa in angewärmten Gläsern. Sie hatten sich damit aufs Sofa gesetzt und lauschten der CD, die mit Weihnachtsliedern in angenehmer Lautstärke für eine heimelige Stimmung sorgte. Doch beide fühlten sich insgeheim wie in einem falschen Film. Und keiner traute sich, etwas zu sagen, um dem anderen nicht die Laune zu verderben. Eva beschäftigte sich in Gedanken mit dem Mordfall an Heinrich Gerlach. Ihm war dieses scheinheilige Getue in diesem Jahr erspart geblieben. Es war wirklich nicht verwunderlich, dass gerade zu den Feiertagen viele die Lust verspürten, einfach zu verschwinden. Wenn es nur nicht für immer wäre. Und Jürgen fiel wieder der Abend ein, an dem er das Soufflée geübt hatte. Eigentlich hasste er Weihnachten, seitdem sich seine Mutter das Leben genommen hatte. Er hatte Eva noch nie davon erzählt. Also konnte sie ja nicht wissen, wie schwer ihm diese Show hier gerade fiel. Welches Opfer er letztlich für sie brachte.

»Vielleicht sollten wir langsam zur Dienststelle laufen, was meinst du?«, fragte Eva in die bedrückend gewordene Stille hinein.

»Ja, du hast recht. Ich hab da ja auch noch was für dich.« Jürgen lachte schelmisch.

»Doch wohl hoffentlich kein zu teures Geschenk. Der Baum hätte doch wirklich gereicht. Und wenn wir da jetzt nicht hingehen, hast du dir die ganze Arbeit umsonst gemacht.«

»Für dich mache ich das gerne«, sagte er und sah sie seltsam an.

Sie zogen sich ihre Jacken und Schuhe an und Eva hakte sich bei ihm unter. Die Luft war klar und kalt. Schnee war nicht mehr gefallen, aber wenigstens regnete es nicht. Die Temperatur war jetzt leicht unter Null. Es war kein Mensch unterwegs, als sie die Straßen entlangliefen. Aber überall in den Fenstern leuchtete es. Kerzen brannten. Menschen saßen um überfüllte Tische versammelt und strahlten sich an.

»Du Jürgen«, sagte Eva, als sie die Dienststelle fast erreicht hatten.

»Ja?«

»Ich weiß ja, wie viel Arbeit du dir mit dem Baum und allem gemacht hast. Wirklich, ich weiß das echt zu schätzen, aber ...«

»Aber?«

»Eigentlich habe ich ... also, wie soll ich es nur sagen?«

Sie waren stehengeblieben und Jürgen sah Panik in Evas Gesicht, das vom Mond beschienen wurde und in dunkles Blau getaucht war.

»Eva, wir kennen uns jetzt glaube ich lange genug«, meinte Jürgen. »Und außerdem habe ich dein Leben praktisch gerettet. Da habe ich wohl ein ehrliches Wort verdient ... und ich kann so einiges verkraften, das habe ich wohl schon ausreichend bewiesen.« Er lächelte.

»Na gut, du hast es nicht anders gewollt«, setzte Eva an. »Also ... eigentlich möchte ich nicht zu dem Baum gehen.« Jetzt war es raus.

»Du meinst den Weihnachtsbaum?«

Sie nickte.

»Du magst Weihnachten eigentlich gar nicht, stimmt's?«

Sie nickte wieder.

»Ich auch nicht«, sagte er. »Komm, lass uns zum Strand gehen.«

Sie standen lange in der kalten Nacht, sahen aufs Meer und froren nicht mehr. Das Meer rauschte und schien nur für sie zu tanzen.

Später gingen sie in Evas Wohnung und sie kochte einen starken Kaffee. Damit setzten sie sich vor den Fernseher und sahen sich die Serie *True Detektiv* an.

Es war zwei Uhr und Eva war kurz eingenickt. Jürgen räumte ab und wollte Eva gerade eine Decke überlegen, als diese die Augen wieder aufschlug.

»Willst du etwa schon schlappmachen?«, fragte sie mit gespielt vorwurfsvollem Blick.

»Ich? Du bist doch eingeschlafen. Und das kurz vor dem Finale.«

»Das kann ich ja immer noch zu Ende gucken. Aber jetzt möchte ich etwas ganz anderes tun.«

Erstaunt sah Jürgen sie an.

»Nein, nicht das, was du denkst ... ich möchte jetzt mit dir in die Dienststelle gehen.«

»Aber ... wir hatten uns doch darauf geeinigt, dass wir nicht ...«

»Stimmt. Aber ich glaube, wir sollten die Schatten der Vergangenheit langsam mal überwinden. Vielleicht schaffen wir es heute Nacht.«

Es hatte beinahe etwas Rituelles, als Eva und Jürgen sich wortlos Jacken und Schuhe anzogen. Als seien sie einem Verbrechen auf der Spur. Draußen hakte Eva sich bei Jürgen ein und drückte ihren Rücken durch.

»Wir schaffen das«, sagte sie und Jürgen nickte.

Dicke Wolken schoben sich am Himmel entlang. Kein Laut weit und breit. Überall lagen die Menschen jetzt in ihren Betten. Waren erfreut über Geschenke und die Liebe, die sie bekommen hatten. Oder auch nicht.

Beherzt schloss Jürgen die Tür auf und ließ Eva vorgehen.

»Mach bitte kein Licht«, sagte sie. »Einfach nur die Kerzen.«

Jürgen lief mit seinem Feuerzeug, dessen Flamme flackernd tanzte und nach und nach den Raum erhellte, um den Baum herum.

Eva beobachtete ihn dabei. Er war ihr so vertraut geworden in den letzten Wochen. Liebte sie ihn etwa? Da war ein Gefühl in ihrer Bauchgegend. Doch da waren so viele Gefühle. Weihnachten war sowieso das gefühlsduseligste Ereignis, seit es Bitterschokolade gab. Die mochte ihre Mutter am liebsten.

Als alle Kerzen brannten, zauberte Jürgen eine Flasche Rotwein mit zwei Gläsern aus ihrem Schreibtisch hervor.

»Du denkst aber auch an alles«, sagte Eva. Dann zog sie ein kleines fein geschnürtes Päckchen aus ihrer Jackentasche. »Hier, für dich. Frohe ... na, du weißt schon.«

»Was ist denn da drin?«, fragte er. »Und ja, dir auch.« Er zog die eine Schreibtischschublade auf und hielt ihr ein dunkelrotes Päckchen mit einer goldenen Schleife hin.

Für Eva gab es einen fein gewebten roten Seidenschal mit dezentem Muster und Jürgen fand das Schweizer Messer sehr passend für einen Hobbyermittler.

»Es ist schön hier mit dir zu sitzen und nicht zu reden«, sagte Eva.

»Hm ...«

Silvesterkuss

Gleich am ersten Weihnachtstag hatte Jürgen den Baum wieder abgeschmückt und nach draußen geschleppt.

So konnte Eva wieder ungehindert ihrer Arbeit nachgehen. Die Inselbewohner waren zufrieden, dass der Fall um Heinrich Gerlach gelöst worden war. Die letzten Tage des Jahres waren jetzt alle mit der Silvesterfeier beschäftigt. Und danach würde alles von vorne losgehen.

Jürgen hatte Eva angeboten, ihr zu Silvester wieder ein Menü zu zaubern. Doch sie hatte dankend abgelehnt.

»Lass uns lieber Pizza essen gehen, das passt besser zu uns«, hatte sie gesagt und mit ihrem neuen Schal gespielt.

»Sehr gerne«, hatte er geantwortet.

Um Mitternacht standen sie mit anderen Inselbewohnern und vielen Touristen am Strand, um das neue Jahr zu begrüßen. Es war kalt, die Luft klar und trocken. Erste kleine Schneeflocken tanzten auf dem Wasser.

»Ein frohes neues Jahr wünsche ich dir, Jürgen.« Eva sah zu ihm auf und hielt ihm ihr Champagnerglas entgegen.

»Das wünsche ich dir auch, Eva.« Sie stießen an, tranken, sahen sich tief in die Augen und dann küsste Jürgen sie zum ersten Mal.

Das neue Jahr

In den nächsten Tagen vermieden es beide, diesen Kuss, der bestimmt nur einer Feierlaune, wie sie sich einredeten, geschuldet war, auch nur anzusprechen.

Viele Gäste verließen die Insel. Es kehrte Ruhe ein.

Bereits seit drei Tagen hatte es geschneit und die Chancen standen gut, dass die Insel ein weißes Kleid bekam.

Eva saß in der kleinen Dienstelle und starrte auf den Platz, wo vor kurzem noch ein prachtvoller Weihnachtsbaum gestanden hatte. Jürgen hatte sich so unendlich viel Mühe gegeben und doch standen dann beide davor, als handele es sich um ein Wesen von einem anderen Stern. Erst in der Silvesternacht hatte er ihr erzählt, dass seine Mutter sich an einem Weihnachtstag vor vielen Jahren, als er noch klein gewesen war, die Pulsadern aufgeschnitten hatte. Und er hatte sie gefunden. Direkt unter dem Weihnachtsbaum.

Hätte er doch nur eher etwas gesagt, hatte sie zu ihm gesagt. Sie hätten sich doch den ganzen Quatsch ersparen können. Vielleicht sei es ja auch so etwas wie Therapie, hatte Jürgen gesagt. Manchmal müsse man sich den Dingen einfach stellen.

Tja, und nun saß sie hier mit der Lücke in ihrem Leben. Diesem leeren Gefühl ganz weit drinnen, das seinen Platz vehement verteidigte. Warum konnte sie nicht so unbeschwert sein wie andere Menschen? Oder schauspielerten viele auch einfach nur? Auch Heinrich Gerlach hatte man es schließlich nicht ansehen können, wie unglücklich er wirklich gewesen war. Was wäre, wenn alle traurigen Menschen zur gleichen Zeit ein Lied anstimmten? Gäbe das einen weltweiten Chor?

Eva Sturm, was treibst du hier eigentlich, schalt sie sich im nächsten Moment. Doch ihr fiel auch irgendwie nichts ein, womit sie sich von ihrem Durchhänger ablenken konnte. Dann hatte sie eine Idee und griff zum Telefon.

Klara freute sich über alle Maßen, als Eva und Jürgen am Nachmittag vor ihrer Tür standen. Sie umarmte beide herzlich und wünschte ein frohes neues Jahr.

»Endlich kann ich euch wieder verwöhnen«, sagte sie, während der Duft von Grünkohl schon den Raum erfüllte.

»Das hat mir wirklich gefehlt«, sagte Jürgen.

Sie machten es sich gemütlich und Klara schilderte von ihrem Weihnachtsfest bei ihrer Familie. Am schönsten sei es für sie gewesen, ihre Enkel wieder zu sehen. Das Fest sei eigentlich nur für Kinder gemacht, sagte Klara, während

Eva und Jürgen sich ansahen und sich ihren Teil dachten. Doch Eva gönnte Klara die Freude. Und es stimmte ja auch, für Kinder war Weihnachten das schönste Fest auf der Welt. Jedenfalls für die meisten. Und mit Wehmut dachte sie daran, dass sie gerne eines dieser meisten Kinder gewesen wäre. Sicher wäre ihr Leben dann ganz anders verlaufen.

»Du Klara«, sagte Eva und sie wusste gar nicht, wie sie es ihrer Freundin beibringen sollte. »Dein Wagen ... also, ich bin da in etwas hineingeraten.«

»Ach, das weiß ich doch schon«, sagte Klara und winkte ab. »Sie haben mir die alte Karre nach Hause gebracht. Ich habe einen ganz schönen Schrecken bekommen, als da plötzlich zwei Beamte in Uniform vor mir standen.« Sie fasste sich ans Herz. »Die Hauptsache ist doch, dass dir nichts passiert ist.«

Eva sah Klara verblüfft an. »Du weißt also schon über alles Bescheid?«

»Ja, hier war auch so ein junger Ermittler ... Jan ... keine Ahnung.«

»Krömer heißt er«, half Eva.

»Genau. Krömer. Er hat mir erklärt, was mit dir passiert ist.«

Eva wusste nicht, ob ihr das gefiel. Sie hätte Klara die düsteren Ereignisse lieber erspart.

»Das muss ja wirklich eine ganz furchtbare Person gewesen sein diese Frau. Bringt einfach unschuldige alte Menschen um.«

»Da hast du wohl recht«, lachte Eva. »Die meisten Personen, mit denen ich es zu tun habe, sind furchtbar.«

Jürgen schenkte allen einen Sanddornschnaps ein und sie stießen an. Auf das neue Jahr, dass alle noch gesund waren und auf eine mögliche Rückzahlung von Heizkosten, weil der Winter so mild verlief.

Sie blieben noch zwei Tage in Esens.

Bevor sie wieder auf die Insel zurückfuhren, wollte Eva aber noch einmal bei Wiebke vorbeifahren. Sie hatte in der letzten Zeit immer wieder an die junge Frau ganz alleine auf dem Hof denken müssen. Schließlich hatte Jürgen eingewilligt, mitzufahren.

Als sie den verlassenen Hof erreichten, brannte eine Kerze im Fenster und der Wagen von Wiebke stand in der Auffahrt.

Sie stiegen aus, und bevor sie klopfen konnten, kam Wiebke bereits aus dem Haus, weil die Gans mal wieder Theater gemacht hatte.

»Auf meine Lisbeth kann ich mich immer verlassen, ist besser als jeder Wachhund«, sagte Wiebke und ließ sich von Eva in den Arm nehmen. »Kommt rein, ich mache uns einen Tee.«

Es war urgemütlich in dem alten Haus, in dem der Ofen bollerte. Auf dem Küchentisch lag ein Stapel Bücher, in dem Wiebke offensichtlich geblättert hatte, als sie kamen.

»Was liest du denn da?«, fragte Eva neugierig.

»Ach, das sind nur Geschichtsbücher«, sagte Wiebke obenhin.

»Du interessierst dich dafür?«

»Für einiges daraus. Kommt auch immer auf meine Stimmung an. Vielleicht ist es morgen Biologie.« Sie lachte und schenkte jedem Tee ein. Außerdem stellte sie noch eine Schale mit Neujahrskuchen auf den Tisch, die sie gebacken hatte.

Offensichtlich kommt sie hier alleine sehr gut zurecht, dachte Eva verwundert. Und doch fand sie es eigenartig, dass ein so junger Mensch sich so in die Einsamkeit verkroch.

»Hast du denn jetzt schon deine Eltern besucht?«, fragte Eva und knabberte an einer Waffel. Jürgen hatte sich für einen Rundgang in den Stall abgemeldet.

Wiebke schüttelte den Kopf. »Nein, noch nicht ... ich weiß auch gar nicht, ob sie schon wieder da sind.«

Eigenartig, dachte Eva. Familienverhältnisse musste man wohl nicht verstehen.

»Du denkst sicher noch oft an deinen Opa«, sagte Eva. »Er hat dir an Weihnachten sicher sehr gefehlt.«

»Ja schon ... aber ich weiß ja, dass er wieder bei Oma ist«, sagte Wiebke nachdenklich. »Und das ist es ja, was er sich gewünscht hat zu Weihnachten.«

Eva fühlte, dass Wiebke über alles informiert gewesen war. Diese junge Frau ruhte in sich, weil alles so gekommen war, wie sie und ihr Opa es sich gewünscht hatten. Und es würde ja auch keinen Sinn machen, der jungen Frau jetzt im Nachhinein noch Vorwürfe zu machen, weil sie ihr nicht die ganze Wahrheit gesagt hatte.

Wieder Alltag

Der Februar war eigentlich immer die Zeit, in der die Insel sich schlafen legte. Viele Restaurantbetreiber nutzten diese, um selber einmal Urlaub zu machen und verreisten. Oft in den Süden, um mal richtig Sonne zu tanken.

Und diejenigen, die auf der Insel geblieben waren, hatten Zeit. Man blieb stehen, wenn man sich auf der Straße traf. Redete über dies und das. Eva genoss es, einmal ohne Touristentrubel zu leben. Einfach mal am Strand entlanglaufen, ohne auf einen anderen Menschen zu treffen.

Und auf einem dieser Spaziergänge reifte in ihr der Plan, weiter an ihrem Fantasyroman zu schreiben. Wann, wenn nicht jetzt, hatte sie die Muße dazu. Aber erst musste sie noch etwas erledigen.

Auch bei Jürgen in der Touristinfo war praktisch nichts mehr los. Und er nutzte die Zeit, um später zu öffnen und einfach mal zu faulenzen. Dazu lag er meist lang auf seinem Sofa und zappte sich durch die Fernsehprogramme. Da ihn das meiste gar nicht interessierte, schweiften seine Gedanken ab. Er dachte an Eva. Daran, dass sie nur in letzter Sekunde gerettet worden war. Und darüber, was sie ihm eigentlich bedeutete. Sie hatten sich geküsst, aber seitdem war das nie wieder Thema gewesen. Wenn es irgend ging, vermied Eva sogar jeden intensiveren Blickkontakt mit ihm. Was war das nur für ein Verhalten? Eigentlich albern. Sie waren doch erwachsene Menschen. Es wurde nötig Zeit, dass sie sich wieder mit einem neuen Fall beschäftigen konnten, dachte er und machte den Fernseher aus.

Er wollte sich gerade vor lauter Langeweile ins Bett legen, als es an seiner Tür klingelte. Wer konnte das denn sein? Neugierig lief er hin und öffnete.

»Wir müssen reden«, sagte Eva ohne Umschweife und lief schnurstracks weiter ins Wohnzimmer.

»Soll ich uns einen Kaffee machen?«, fragte Jürgen und sah sie misstrauisch an. Wenn Frauen reden wollten, kam meistens was Unangenehmes auf Männer zu. Jedenfalls in seinen Actionfilmen.

»Ja gerne.«

Während Jürgen in der Küche herumhantierte, sah Eva sich in dem Zimmer um. Drei leere Bierflaschen standen unter dem Wohnzimmertisch. Okay, das ging sie ja auch nichts an. So wie sie eigentlich alles, was Jürgen machte, nicht das Geringste anging. Was machte sie hier eigentlich? Lief das schon unter Hausdurchsuchung? Und sie wusste immer noch nicht, was sie eigentlich mit dem Gefühl in ihrer Bauchgegend anfangen sollte, dass Jürgens Anwesenheit immer in ihr auslöste. Eigentlich wollte sie das gar nicht zulassen, dass sie etwas für jemand anderen empfand, und sich damit selber in die Zwickmühle brachte.

Jürgen kam mit einem Tablett zurück und stellte es auf dem Tisch ab. Als er sich setzte, fielen ihm die Bierflaschen ins Auge. Er griff danach.

»Ich habe gestern lange ferngesehen, deshalb ...« Er brachte die Flaschen in die Küche.

»Du musst dich vor mir nicht rechtfertigen«, rief Eva ihm nach.

Er kam zurück und setzte sich in einen Sessel, nahm seine Tasse Kaffee und sah sie neugierig an.

Wer A sagt, muss auch B sagen, Eva Sturm, sagte sie zu sich.

»Also, warum ich hier bin ... es geht um ...«

»Den Kuss?«, half Jürgen ihr auf die Sprünge.

Eva sah aus dem Fenster.

»He, das muss dir nicht peinlich sein, dass dich das so beschäftigt«, fuhr Jürgen fort.

»Ich komme mir so blöd vor«, sagte Eva und sah Jürgen wieder an. »Es war doch nur ein Silvesterkuss.«

»Genau, nur ein Kuss, wie ihn sich viele Menschen geben, wenn das Jahr wechselt. Manchmal tun das sogar wildfremde Menschen. Es gibt also keinen Grund, dass wir uns hier wie Pennäler in der achten Klasse benehmen.«

»Ja ... wie Teenager. Das ist doch albern, ich bin fast fünfzig.«

»Glaubst du denn wirklich, dass es hilfreich ist, wenn wir den schönen Augenblick hier jetzt zerreden?«

Überrascht sah Eva ihn an. »Du stimmst mir also zu, dass es eine einmalige Sache war?«

»Total. Sowas von einmalig.«

»He, du nimmst mich schon wieder auf den Arm.«

»Aber doch nur im übertragenen Sinne. Wirklich Eva, mach dich mal locker. Wir sind erwachsen.«

»Tja, nur benehmen wir uns nicht immer so.«

»Das gehört doch zum Leben dazu«, meinte Jürgen. »Wer ist schon perfekt?«

»Ja, da sagst du was ...« Eva seufzte tief. »Und das Ding mit dem Weihnachtsfest ... mir wäre es schon lieb, wenn wir das nicht wiederholen müssten.«

Jürgen griff in eine Schale mit Erdnüssen. »Ich weiß, was du meinst.«

»Ehrlich, es geht jetzt nicht gegen dich, wenn ich das sage, es ist nur, also, ich mache mir nichts daraus.«

»Das glaube ich dir sogar, mir geht es ja ähnlich. Aber niemand wird als Weihnachtshasser geboren, man wird dazu gemacht.«

Eva spielte an ihrem Weinglas herum. Jürgen hatte recht. Wenn sie an Klara dachte und wie sie begeistert von ihren Enkeln erzählt hatte, dann konnte man Weihnachten sogar ein bisschen mögen.

»Ich hasse Weihnachten ja nicht, ich verbinde damit aber nun einmal nur schlimme Erinnerungen. Ab liebsten wäre es mir, ich müsste gar nicht mehr daran denken.«

»Genau wie ich ...«

»Ja, da haben sich wohl zwei gesucht und gefunden«, sagte Eva und stupste Jürgen am Arm.

»Zwei gestörte Persönlichkeiten auf einer einsamen Insel ... na ja, fast einsam«, lachte er.

»Hehe, ich bin nicht gestört«, spielte Eva Entrüstung. »Ich bin nur durch eine harte Weihnachtsschule gegangen.«

»Mensch Eva, ich bin so froh, dass ich endlich jemanden wie dich gefunden habe, mit dem ich darüber reden kann.« Jürgen nahm sie einfach in den Arm.

Sie saßen noch bis spät in den Abend hinein gemeinsam auf dem Sofa und die Getränkefolge wechselte vom Kaffee über den Tee bis zum Rotwein am Abend. Erst nach Mitternacht machte Eva sich auf den Weg und Jürgen begleitete sie. Sie liefen nicht direkt zu Evas Wohnung, weil der Himmel so schön klar war und die Sterne funkelten. Es war windig und kalt, doch das störte die beiden nicht. Das Meer rauschte, als sie schweigend am Strand entlang gingen.

Dann sagte Eva: »Ich möchte das letzte Stück gerne noch ein wenig alleine gehen. Ich muss nachdenken.«

Jürgen nickte und sah ihr nach, bis sie im Dunkel bei den Dünen verschwunden war.

ENDE

Grünkohlrezept!

Haben Sie auch Lust auf leckeren Grünkohl bekommen, den Klara für Eva und Jürgen gekocht hat?

Dann habe ich hier das Rezept für Sie!

Ostfriesischer Grünkohl

Quelle: www.Ostfriesland.de

Traditionell beginnt die Grünkohlzeit in Ostfriesland nach dem ersten Frost. Erst nach dem ersten Frost entfaltet der Grünkohl die volle Geschmacks- und Vitaminvielfalt. Besonders im Winter veranstalten Restaurants das weit über Ostfrieslands Grenzen hinaus bekannte »Grünkohlessen«. Clubs und Grüppchen finden dazu gemeinsam zusammen. Bevor jedoch das leckere Wintergemüse genossen werden darf, vollziehen die Ostfriesen ihre ganz eigenen Sportarten wie das legendäre »Boßeln« oder »Struckbessen smieten«. Als Beilage findet die Salzkartoffel neben der Bratkartoffel besondere Beliebtsheit. Die Krönung erhält das ostfriesische Nationalgericht mit süß-sauer eingelegten Kürbiswürfeln. Nach dem Essen wird Ihnen dann noch ein »Absacker« in Form eines klaren Schnapses gereicht, der hier zu Lande einfach als »Korn« bezeichnet wird.

Zutaten (für 4 Personen):

1 kg Grünkohl
3 EL Hafergrütze
100 g Schweineschmalz
1 TL Zucker
1 EL Senf (mittelscharf)
3 große Zwiebeln
1/2 L Wasser (nach Bedarf)
500 g durchwachsener, geräucherter Speck
4 kleine Pinkelwürste
Salz und Pfeffer

Kohl von Stielen und Strünken befreien und mehrfach gründlich waschen. 5 Minuten in kochendem Wasser brodeln lassen. Danach kräftig ausdrücken und auf einem Brett fein schneiden. Schmalz in einem Topf erhitzen und die abgezogenen und Würfel geschnittenen Zwiebeln darin andünsten. Kohl ebenfalls in den Topf füllen und mit anschmoren.

Speck, Senf und Hafergrütze sowie Zucker dazugeben und mit Wasser auffüllen. Alles ca. 1 1/2 bis 2 Stunden dünsten lassen. Kommt der Kohl aus der Gefriertruhe, reicht weniger Garzeit. In der letzten halben Stunde kommt die Pinkelwurst hinzu. Mit Salz und Pfeffer abschmecken. Perfekte Beilage sind Salz- oder Bratkartoffeln und süß-sauer eingelegter Kürbis!

Lecker dazu friesisch-herbes Jever Pilsener!

Guten Appetit!

Geheimtipp: Belegen Sie doch einmal eine Pizza mit Grünkohl!

Anmerkung der Autorin: Das dürfte auch Jürgen gefallen!

Zur Autorin

Auf dem Foto sehen Sie mich mit meiner Hündin Noomi!

Moa Graven wurde 1962 in Ostfriesland geboren und wohnt in Leer (Ostfriesland). Das Schreiben gehörte schon von Kindesbeinen an zu ihren Leidenschaften, sie liebte Papier und schrieb alles auf, was ihr in den Sinn kam. Auch hat sie unter der vielbesprochenen Bettdecke nächtelang gelesen. Beruflich schlug sie zunächst eine Laufbahn in der Verwaltung ein und arbeitet seit dem Jahr 2000 auch als freie Journalistin. Seit Sommer 2013 schreibt sie die Kommissar Guntram Krimi-Reihe, die in Ostfriesland angesiedelt ist. Im Sommer 2014 kam die Ermittler-Reihe mit Jan Krömer hinzu. Eva Sturm ermittelt seit Mai 2015 auf Langeoog. Mit den Ostfrieslandkrimis, die in ihrem im April 2014 gegründeten cri.ki-Verlag erscheinen, ist sie jetzt in ihrem Lieblingsgenre, dem Krimi, angekommen. Besuchen Sie die Autorin auch gerne auf ihrer Homepage www.moa-graven.de

Jan Krömer Krimis

In diesem Krimi konnten Sie den Ermittler Jan Krömer aus Aurich schon ein wenig kennen lernen. An dieser Stelle möchte ich Ihnen noch die weiteren Krimis in einer kurzen Übersicht zeigen. Vielleicht hat Ihnen sein Charakter ja auch gefallen.

Kneipenkinder - Der dritte Fall für Jan Krömer in Ostfriesland – von Moa Graven

Todesspiel am Großen Meer – Der zweite Fall für Jan Krömer in Ostfriesland – von Moa Graven

KillerFEE – Borkumkrimi – Der erste Fall für Jan Krömer in Ostfriesland – von Moa Graven

Zum Inhalt:

Nach seinem zweiten Fall am Großen Meer in Ostfriesland macht Jan Krömer eine Fortbildung zum Profiler. Gleich nach seiner Rückkehr in Aurich steht er bald schon vor einem neuen Rätsel. Januar 2015, Winter in Ostfriesland, es ist bitterkalt. Und es wird ein Toter im Ihlower Forst gefunden, der offensichtlich nach einer Boßeltour auf brutalste Weise zusammengeprügelt wurde und an den Folgen starb. Das Opfer führte praktisch ein Bilderbuchleben mit einem guten Arbeitsplatz sowie einem intakten Familien- und Vereinsleben. Ermittler Jan Krömer und seine Kollegin Lisa Berthold tappen im Dunkeln, denn es gibt kein Motiv. Erst als sie sich mit ungelösten Fällen befassen, kommt mit einem weiteren Toten im Watt in Harlesiel Bewegung in die Sache. Denn auch bei diesem Opfer findet sich ein kleines Detail, das beim ersten Opfer als zum Boßelsport dazugehörig und somit nicht als verdächtig eingestuft worden war. Beide Opfer trugen ein kleines Schnapsglas an einem Band um den Hals. Als weitere Opfer mit ähnlichem Schema auftauchen, deren Fälle bisher nicht aufgeklärt werden konnten, keimt der Verdacht, dass ein Serienmörder diese Männer um die Fünfzig in Ostfriesland auf dem Gewissen hat. Das junge Ermittlerduo Jan Krömer und Lisa Berthold taucht immer weiter ein in den Sumpf um eine Mordserie in Ostfriesland, in die erst Licht gebracht werden kann, als sie ganz weit zurück in die Jugendzeit der Opfer blicken. Jetzt wird die Zeit knapp, denn weitere Menschen könnten sterben.

Printed in Poland
by Amazon Fulfillment
Poland Sp. z o.o., Wrocław

73719642R00120